KB005835

서툴지만,
잘 살고 싶다는 마음

서툴지만,
잘 살고 싶다는 마음

2020년 03월 18일 초판 01쇄 발행
2023년 05월 08일 초판 04쇄 발행

지은이 이정현

발행인 이규상 편집인 임현숙
편집팀 김은영 문지연 이은영 강정민 정윤정 고은솔
디자인팀 최희민 두형주 마케팅팀 이성수 김별 강소희 이채영 김희진
경영관리팀 강현덕 김하나 이순복

펴낸곳 (주)백도씨
출판등록 제2012-000170호(2007년 6월 22일)
주소 03044 서울시 종로구 효자로7길 23, 3층(통의동 7-33)
전화 02 3443 0311(편집) 02 3012 0117(마케팅) 팩스 02 3012 3010
이메일 book@100doci.com(편집·원고 투고) valva@100doci.com(유통·사업 제휴)
블로그 blog.naver.com/h_bird 인스타그램 @100doci

ISBN 978-89-6833-250-0 03810
ⓒ 이정현, 2020, Printed in Korea

서툴지만,
잘 살고 싶다는 마음

이정현 산문집

허밍버드
Humming Bird

차례

3장   나의 일상이
　　　　당신의 일상이 되는 일

1장

사람으로
행복하기를

잘 살고 싶은
마음

지하철을 타려고 개표구에 지갑을 댔더니 후불 교통카드의 사용 금액이 찍힌다. 1,250원. 아, 오늘부터 새날이구나. 친구들과 해의 마지막과 시작을 보내고 오후 늦게 집으로 돌아가는 길. 새삼스레 한 번 더 생각을 되짚었다. 집에 가면 노트를 펴고 뭐라도 써야지. 오늘은 그래야 할 것 같았다. 아니, 그러고 싶었다. 지갑을 주머니에 넣고 휴일의 끝에서 다시 일상으로 걸어가는 사람들 틈에 섞여 들었다.

"그래도 올해에는… 아, 아니 작년에는 말이야."
"내년부터는… 아, 올해부터는…."
그러고 보니 오늘은 몇 번이나 말을 고쳐 했다. 함께 해를 보낸 친구들은 대학에서부터 알고 지낸 사이다. 졸업 후 길게는 일

년 만에 만나는 친구도 있었다. 오랜만에 만난 사람들과 대화를 하다 보니 어쩔 수 없이 연말정산이나 신년다짐 같은 대화가 오갔다.

작년과 올해와 내년이 입 안에 뒤엉켜 아무렇게나 튀어나왔다. 그런 내 모습이 훌쩍 떠나 버린 지난날과 성큼 다가온 오늘 사이에서 갈팡질팡하는 것처럼 보여 얼른 고쳐 말했다. 오늘을 살아가는 사람들 속에 나만 아직 어제에 머무르고 있는 것 같아서.

붕 뜬 기분이 드는 것도 사실이다. 함께 열차를 타고 저마다의 오늘을 마무리하는 사람들도 내일이면 다시 오늘을 살아가겠지. 저들도 어제에 미처 두고 오지 못한 것이 있을까.

나는 어떨까.

도망치듯 집으로 돌아와 어지러운 방을 제쳐 두고 책상 앞에 앉았다. 일기장을 펴고 책상 너머로 방바닥을 본다. 여행 캐리어가 펼쳐진 채 짐들이 삐죽삐죽 나와 있어 발 디딜 곳도 마땅치 않다. 오랜 여행을 마친 후 용도를 잃은 모습이 마치 헝클어진 지난날처럼 보였다. 막막하지만 어떻게 치워야 할지 생각한다. 빨랫감이 많으니 세탁기로는 무리다. 한 번에 모아 세탁방에 가야지. 불어난 짐을 골라내고 필요 없는 것은 버려야 한다. 저걸 정리해야 나는 다시 오늘을 살아갈 수 있겠지.

매일은 아니지만 꾸준히 쓰고 있는 만년 일기장. 백지 위에 1 두 개를 쓰고 사이에 쉼표를 찍었다가 다시 앞으로 돌아왔다. 캘린더 칸에 숫자가 인쇄되어 있지 않아 매달 첫날 년, 월, 일을 써 넣어야 한다.

년도를 쓰는 자리에 익숙한 숫자를 썼다 지우고 새로운 숫자를 쓴다. 해가 바뀌어도 익숙해지지 않는 것이 있다. 올해와 작년을 이야기하거나 나이를 말할 때. 기다렸다는 듯 바뀐 숫자를 입에 외고 다닌 적도 있었는데.

계절이 네 번 바뀌도록 손과 입에 자연스레 굳어진 습관일 수도 있지만, 그저 해가 바뀐다는 것에 무감해져서일 수도 있다. 어쩌면 그 무덤덤해짐은 흐르는 시간을 외면하고 싶은 내 모습이 아닐까.

어제는 친구가 헤어지며 "우리 이제 내년에 만나"라며 농담을 하기에 나도 모르게 픽 웃었다. 일단은 시시덕거리듯이 장단을 맞춰 주는 척해 본다. 그러면서 남몰래 힘을 줘 보기도 한다. 아주 가늘고 고른 빗으로 머리칼을 빗고, 새치나 잔머리를 골라내는 마음으로 괜히 노트에 어제에 두고 오고 싶은 것 따위를 써 보기도 하는 것이다.

살아 내느라 헝클어진 지금의 나를 거울 앞에서 단정하게 빗어 낸다. 어제가 된 오늘을 기억하고, 오늘이 될 내일을 알고, 지금의 나를.

여전히, 잘 살고 싶은 마음으로.

마음 쓰기

시작은 돈 때문이었다. 일 년 넘게 걸려 쓴 책이 한 권 팔리면 내 몫은 천 원 남짓이다. 지금 이 순간에도 수많은 활자가 종이에 찍혀 세상 밖으로 나온다. 그러니 이미 출간된 책의 판매량이 줄어드는 건 당연하다. 쓸 수 있는 것만으로 행복하다는 말을 하기에는 신경 써야 할 것이 많아졌다.

대학교에 다닐 때, 용돈을 번다고 과외를 하는 친구가 몇 있었다. 그때도 나는 누군가를 가르칠 만한 자격이 있다고 생각하지 않았고, 감히 누굴 가르치고 싶지도 않았다. 이번에도 마찬가지였다. 동료들이 수업을 여는 모습을 지켜보기만 했다. 공간을 빌려줄 테니 수업을 해 보라는 말을 몇 번 들었을 때도 그럴 일은 없을 거라고 대답했다.

동료들이 돈을 모아 망원동의 조금 더 큰 곳으로 수업 공간을 옮겼다. 집에서 도보로 5분이 채 안 되는 거리. 결국 나도 생활비를 벌어 볼 요량으로 수업을 열기로 했다.

그렇게 마음을 먹고 오래된 수첩들을 꺼내 찬찬히 돌아본다. 왜 글을 쓰고 싶어 했는지. 무엇이 힘들고 어려웠는지. 줄이 없는 수첩에 꾹꾹 쓰인 메모들은 내 지난 응어리였다. 글쓰기는 결국에 '표현'이다. 말하고 싶은 것을 말하고 남기기 위해 속에 있는 무언가를 꺼내 놓는 일.

생각이 그곳까지 닿으니 거부감이 거짓말처럼 사라졌다. 나는 누군가를 가르치는 게 아니다. 종이에 눌러쓰는 글자를 표현 수단으로 삼은, 그런 사람들을 만날 준비를 하고 있었다. 어쩌면 나와 닮았을지도 모르는 그들이 글에 가까워질 수 있도록, 수업 이름을 '마음 쓰기'라고 지었다.

일주일에 두 번, 망원동으로 향한다. 횡단보도 하나 건너라 다른 동네로 간다기에는 민망하지만, 나에게는 엄연한 외출이다. 다섯 명씩 세 개의 반, 열다섯 명의 사람을 6주간 만났다. 저마다에게는 저마다의 이야기가 있었다. 표현 방식과 색이 있었다. 그들이 이야기를 할 수 있게 도와주는 것도, 살아가는 이야기를 듣는 것도 즐거웠다.

나도 참 사람 만날 기회가 없었구나. '마음 쓰기'란 이름으로 탁자에 둘러앉은 모두가 그랬을까. 만나야 해서 만나는 사람들이 아닌, 스스로 찾아온 곳에서 우연처럼 만난 이들. 한 주 한 주 가기 무섭게 서로의 이야기를 꺼내 놓는다. 한 겹씩 꺼풀을 벗다가, 어느새 그 자리에서만큼은 모두 벌거벗은 사람이 된다. 6주가 지나면 언제 다시 볼지 모르는 이들은 서로를 핥아 주는 고양이가 된다. 누군가의 이야기를 듣는다는 게 이렇게 마음에 위안이 되고 즐거운 일이었는지.

아직도 수업을 열어 보자고 마음먹었던 때가 선명하다. 어떤 사람을 만날지 가슴 설레며 이야기를 준비하던 때. 그런데 벌써 첫 수업의 6주가 지나가고 다음 수업을 하고 있다. 나를 떠나간 그들은 글과 조금 가까워졌을까. 꺼내 놓지 못하던 자신의 마음과 가까워졌을까. 전처럼 자주 보지는 못하지만 나에게는 그들이 남기고 간 글이 있다. 매주 꺼내 보던, 부끄럽지만 소리 내어 읽어 보던 마음들. 시간이 지나 조금 구겨진 종이 뭉치에 그들이 고스란히 묻어 있다.

표현이란 단지 마음을 꺼내 놓는 것에만 의의가 있지 않다. 손으로 만져지지 않던 것을 내놓게 되면, 그것은 고스란히 쌓인다. 한 장씩 찍던 사진이 모여 무거운 앨범이 되듯. 낙서와 조각글이 두꺼운 노트 한 권을 가득 채우듯. 쌓인 조각은 내가 어떤 사람인지, 어떤 결을 가지고 세상을 살아가는 사람인지 알게 한다.

수업을 준비하며 찾은 낡은 수첩을 훑어보다가, 스치듯 지나
쳤던 문장 하나에 밑줄을 친다.

'내가 나를 이해하고 사랑하려 노력하기 시작할 때부터 사는
게 아름다워진다.'

이제는 나와 이야기를 나누던 그들이 아름다운 삶을 살아갈
수 있기를 감히 바라 본다.

불안과
불행 사이

"가끔 그때가 그리워. 그때의 나는 불안하지도, 불행하지도 않았잖아."

  한때를 함께 보냈던 사람들은 마음을 그 시절로 되돌려 놓는다. 오랜만에 모두 서울에서 모였다. 스무 살, 대학에 들어가 만난 친구들과 형들. 복학생과 신입생으로 대구에서 만났던 우리. 아기 새처럼 한 둥지에 옹기종기 모여 있던 우리는 이제 각자의 이야기를 가지고 다른 곳에 산다.

  그 시절은 정말 그랬다. 불안하지도, 불행하지도 않았다. 학교라는 울타리 안에서 밖을 궁금해하며 작은 날개를 다듬던 어린 새들. 과제 때문에 또 밤을 새야 한다며 투덜거리다가도, 서로가 곁에 있다는 사실이 즐거웠다. 물론 걱정과 시름거리가 없진 않았다. 마르지 않는 샘처럼 해도 해도 사라지지 않는 과제. 내 것 아니라며 모른 척하고 싶은 학점 같은 것. 가장 슬프게 울던 때는 죽고 못 살던 여자친구와 헤어진 날이었지 아마.

"사실 불안하지도, 불행하지도 않았던 건 누군가 무얼 시켜 주던 때였잖아."

가시지 않는 소주의 잔향에 입맛을 다시고 있자니 돌아온 대답. 잠깐 자리가 조용해졌다.

내가 정하지 않아도 정해져 있던 나의 하루. 둥지가 좁고 답답하다며 투덜거리면서도 안도감을 느꼈던 걸까. 나는 날개를 펴고 날지 않아도 입에 먹이를 머금을 수 있었다. 짊어지고 있는 것이 없었다.

요즘은 그때보다 빽빽한 하루를 살아 내고도 한숨이 짙다. 나는 잘 살아가고 있는 걸까. 잘, 날아가고 있는 걸까. 어디로든 아주 천천히라도 좋으니 고꾸라지지만 않는다면 좋을 텐데. 어디로 가는지 모르지만, 그때까지 내 날개가 잘 버텨 준다면 좋을 텐데.

다행이라면, 불안할지언정 여전히 불행하지는 않다. 하고 싶던 일을 하며 살아간다. 무엇이 될지 모르지만 하나둘 쌓으며 살아가고 있다. 불행하지 않다는 건 비틀거리는 걸음이라도 옳은 방향으로 나아가고 있다는 말이다. '정해지지 않음'이나 '알수 없음'에서 오는 불안은 결국 내게 '잘 살고 싶은 마음'으로 닿는다. 살아가는 데 단정 지을 수 있는 것은 아무것도 없지만, 그렇게 살아가고 싶다. 불안하더라도 불행하지 않도록.

"오랜만에 만났는데 여기서 무슨 그런 얘길 하냐. 한잔해, 한잔해."

대답을 했던 형이 주변을 둘러보더니 다시 술잔을 든다.

그거면 됐다. 이곳에서만큼은 잠시 잊자. 숨 가쁘도록 달리던 어제도, 발자국마다 묻어나던 짙은 불안도. 나 그리고 우리, 잘 살고 있으니까. 그래서 이렇게 웃으며 다시 만날 수 있는 거니까. 갑갑한 삶이라며 틱틱거리던 때도, 내일은 무얼 하고 놀지 고민하던 때도 살다 보면 이따금 그리워질 테다. 그럴 때 우리 다시 만나자.

청춘은 시절이 아니라 마음가짐이라 믿고 싶다. 더 나은 곳으로 나아가려는 마음. 움직이는 사람의 오늘은 일생 중 가장 아름답게 피어 있다. 그리고 내일 더 아름다운 곳에 있을 거라고 믿어 의심치 않으며, 잘 살아 보자고.

청춘은 시절이 아니라, 마음가짐이나 일고 싶다.
더 나은 곳으로 나아가려는 마음.

움직이는 사람의 오늘은
일생 중 가장 아름답게 펴져 있다

저물어
가기를

어떻게든 하루를 흘려보내고도 그 끝에 이유 모를 우울감이 몰려올 때가 있어요. 반복되는 이 하루가 정말 괜찮은 건지. 의미 없이 흘러간 듯한 이 하루가 정말 내 것이 맞는지. 지금도 사람들은 무언가를 이뤄 내며 살아가고 있을 텐데. 나는 잘 살고 있는 게 맞는지.

그럴 때는 속으로 울고 있는 한 아이를 떠올립니다. 무릎이 까진 채로 운동장에 주저앉아 우는 아이요. 아마 손에 빨갛거나 파란 바통도 하나 들고 있을 겁니다. 주변에는 얼른 일어나라고 외치는 동급생들도 있겠네요. 그게 운동회라면 발을 동동 구르는 부모님도 있을 거예요.

어떻게 됐을까요. 아이는 언제쯤 울음을 그치려나요. 찔끔 나오는 눈물을 닦고 다시 달리고 있을까요? 아니라면 그대로 주저앉아 엉엉 울고 있을까요. 그건 잘 모르겠네요.

아무렴 어때요. 산다는 건 레일에 나란히 서서 누가 빨리 도착하나 겨루는 게 아니에요. 직선 끝에 찍어 둔 점 하나를 향해 달리는 것은 더더욱 아니고요. 삶의 모양은 모두가 다릅니다. 같은 걸음걸이가 하나 없듯, 나름의 박자와 속도가 있어요.

견디기 힘든 우울함이 닥쳐오면, 까짓거 넘어졌다고 치는 거예요. 어서 일어나라고 외치는 사람은 아무도 없어요. 잠시 쉬어 가요. 나를 가다듬지 못하고 휘청이며 달리다 보면 결국에는 더 크게 넘어지기 마련입니다. 누군가 나를 지나쳐 가도 개의치 말아요. 넘어진 채로 할 수 있는 건 자책밖에 없으니까요.

발목이 지끈거리지 않고 무르팍에 피가 멎었다면, 그때 천천히 일어나 볼까요. 당장 뛰지 않아도 됩니다. 우리는 몇 초 뒤다고 도착할 결승선을 향해 가는 게 아니거든요. 주변엔 뛰라고 소리치는 사람 대신 아름다운 것이 많아요. 그렇게 천천히 걷다 힘이 나면 달음박질도 쳐 볼까요.

있잖아요. 흘러가는 하루 속에서도 당신은 충분히 소중했어요.

그러니 자책하지 말고, 슬픈 마음도 저물어 가기를 바라요.

낮은 곳에서부터

언젠가의 사랑에게 낮은 곳에서부터 사랑하고 싶다는 말을 한 적이 있다. 내린 비가 흘러 고이는 곳. 가장 아래에서부터 사랑하고 싶었다. 아무도 신경 쓰지 않는 당신의 작은 습관부터, 미소 짓지 않을 때는 어떤 표정을 하는지, 내가 없는 밤에는 어떤 생각들로 새벽과 인사할지. 사람들이 지나쳐 간 작은 비 웅덩이가 내게는 온종일 헤엄쳐도 부족한 바다와 같았다.

걷기를 좋아하는 나는 가끔 시간 내 카메라를 챙겨 나간다. 그저 걷기만 하는 것도 좋지만, 사진을 찍으면서만 할 수 있는 생각이 있다. 평소에는 발자국을 따라 흘러갔을 풍경도 뷰파인더를 통해 바라보면 다르게 보인다.

카메라 렌즈를 통해 멀리 있는 것을 눈앞으로 당겨 볼 수 있다는 건 고마운 일이다. 하지만 카메라 렌즈로도 어쩔 수 없는 것이 있다. 대상의 구도를 잡는 것. 몸을 움직여 멀리 있는 것과 가까이 있는 것의 사이를 조절하거나 사진 찍을 각도를 정하는 일.

여느 때처럼 카메라를 들고 걸었을 때의 일이다. 억새가 많은 작은 언덕이었는데, 노랗게 지는 해를 받으며 흔들리는 억새가 좋아 연신 셔터를 눌렀다. 한겨울의 추운 날씨 탓이었는지 해가 지자마자 구경객이 모두 돌아갔고 그 덕에 주변이 조용해졌다. 나는 늦은 오후에 일어난 터라 아쉽기도 했고, 노을의 여운이 남아 좀 더 걷기로 했다.

눈부시게 빛나는 노을 대신 어둑해져 가는 하늘 위에 담담히 뜬 달이 머무를 이유가 되었다. 카메라를 들어 달을 담다가, 다시 팔을 내려 능선에 걸친 억새를 담다가. 둘을 한 장면에 담고 싶었지만 하늘의 달과 바닥의 억새를 함께 담기가 어려웠다.

다시 언덕도 오르고 걸음도 물러 보지만 생각처럼 되지 않았다. 그런데 부지런히 자리를 옮기다 지쳐 카메라를 든 채로 자리에 주저앉았더니, 뷰파인더 속의 억새가 달까지 올라왔다. 그제야 그날의 마지막 셔터를 눌렀다.

자세를 낮춘다고 내가 낮은 사람이 되는 것은 아니다. 무릎을 굽히고 허리를 숙인다고 해서 신장이 줄어들 일은 없지 않은가.

낮은 곳에서부터 바라볼 줄 아는 사람이 되고 싶다. 사랑에게 도 사람에게도. 사소하고 작은 것부터 보듬으며 당신이 내게 소중하다 말해 주고 싶다. 바닥에 주저앉아 찍은 사진처럼, 내 곁에서 만들어 간 장면이 아름다웠다고 기억했으면 한다.

모든 관계는 관심과 배려라는 땅 위에 서서히 쌓이는 풍경 같은 것이다. 배려가 없으면 사랑도 풍경이 될 수 없다. 뿌리를 내리려는 곳에 붙잡아 줄 땅이 없으니. 뿌리가 여린 풀꽃도, 잎이 무성한 아름드리나무도 모두 안아 줄 수 있는 단단하고 비옥한 땅이 되고 싶다.

달을 안고 흔들리는 억새를 보는 게 좋다.

무엇을 어떻게
말고

　친구를 만나러 왔다. 며칠째 집에만 있었는데 살아는 있냐며 연락이 왔다. "한잔하자. 오늘 우리 집 올래?" 기다렸던가. 냉큼 그러겠다고 했다. 친구는 공릉역 근처에 산다. 살다살다 처음 듣는 역 이름이었다. 하기야 서울 그 많은 지하철역 중 지나쳐 보지 못한 곳이 절반은 넘을 테니 모르는 게 이상하지는 않다. 서울 지도 위에선 내가 사는 곳과 반대편 땅끝 마을쯤 되는 곳이다.

　"야, 진짜 너무 멀다. 왜 여기 산대. 너 일 나오는 곳도 우리 집 근처잖아."

　"그래도 학교가 이 근처였으니까."

　마침 복날이어서 닭을 먹기로 했다. 닭이라기에 치킨만 생각했는데(그다지 먹고 싶지 않았다) 찜닭을 먹으러 가잔다. 이래서 사람은 혼자 살면 안 된다. 어떻게 찜닭 먹을 생각을 했지? 이 친구랑 만나서 이야기하는 건 정말 오랜만이다. 단둘이는 처음인가?

"밥은 먹고 다니고? 이거 점심이야, 저녁이야?"

"당연히 저녁이지. 어제 저녁."

"미친놈. 잘하는 짓이다. 근데 나도."

찜닭 한 마리에 소주 한 병을 시켰다.

괜히 생각나는 녀석이다. 나랑 닮았다고 느껴서인가. 그래, 묘하게 닮았다. 생각도, 하는 짓도 이상하리만큼. 조리되지 않고 나온 찜닭이 익을 동안 소주 한 병을 비웠다. 대화란 때론 과일 껍질을 깎는 것 같기도 하고, 때론 숲을 걷고 산을 오르는 일 같기도 하다. 껍질을 벗기고 과육을 씹는가 하면, 산책로를 걷다가 암벽을 오르기도 한다. 이야기는 천천히 돌고 돌아 서로의 요즘에서 만난다.

이런 사람과의 대화는 마음이 편하다. 이야기에 상대의 공간을 지켜 주는 사람. 섣부른 질문이 폭력이 될 수 있다는 걸 아는 사람에게서는 같은 질문도 편안하게 들린다. 천천히 껍질을 깎고 산책로를 거닐며 상대를 한걸음 뒤에서 바라본다.

"얼마 전엔 친구들이 그러더라. 부럽다고."

"뭐가?"

"좋아 보였나 봐. 출근도 하지 않고 어떻게든 살고 있으니까."

"자유로워 보였나 보다."

"그렇지. 그런데 그 '어떻게든'이 생각보다 쉽지 않은 건데 말이야. 어찌 됐든 사람은 보이는 것밖에 볼 수 없으니까. 난 그 친구들이 부러워. 매일 나가야 하는 곳이 있고 매달 통장에 돈이 꼬박꼬박 들어오잖아. 그건 엄청난 축복이라고. 매일, 매주, 매달 불안하지 않아도 되잖아."

"하지만 마찬가지로 우리도 그 이면에 어떤 게 있는지 모르니까."

"응. 겪어 보지 않고 함부로 말할 수 있는 건 없으니까. 보이는 걸로는 그렇다는 이야기지. 일할 시간과 쉴 시간이, 잠들고 깨야 할 시간이 있다는 건 생각보다 나쁘지 않을지도 몰라. 막연한 자유는 지나치게 방대해서 무섭기도 해."

"그렇지. 오래도록 통제되어 온 사람에게는 더더욱."

"나는 자식을 낳으면 방생주의로 길러야겠어."

"이야기가 왜 그쪽으로 가는데. 낳기는 할 거고?"

소주병이 두 개 더 늘었고 대화가 쉴 새 없이 오갔다. 결론 따위를 내지 않아도 물음은 물음으로, 대답은 대답으로 의의가 있었다.

"이쪽이든 저쪽이든 간에, 내가 왜 이걸 하며 사는지 알고 있다면 괜찮지 않을까?"

"그렇겠지."

새벽 두 시, 북적거리던 가게에 둘밖에 남지 않았다. 종업원들도 마감 준비를 하는 것 같아 자리를 옮기기로 했다. 편의점 맥주를 사 들고 함께 산책로를 걸었다. 오늘도 만나서 반가웠다고, 고마웠다고. 천천히 돌아 걸어간다.

친구 집에서 자고 가기로 했지만 잠이 오질 않는다. 이부자리가 불편한 것도 피곤하지 않은 것도 아니었다.

'왜 이걸 하며 사는지 알고 있다면 괜찮지 않을까?'

이 질문만큼은 기억난다. 내가 했던 말. 그런데 누구에게 던진 질문이었을까. 나는 왜 이걸 하며 살았더라. 첫차가 다닐 시각인데도 잠이 오질 않아서 이불을 개고 집으로 돌아왔다.

살기에 급급해서 오랫동안 잊고 살던 게 있다. 지하철에서 졸며 쓴 편지를 새 종이에 옮겨 적는다. 받는 사람이 없는 편지. 친구는 왜 사진을 찍으며 살아갈까. 묻질 않았네. 다음번에 만나면 묻고 싶다. 무엇을 어떻게 말고, 왜.

손가락 사이로
떠나는 것들

무언가를 모으는 이는 슬픔에 더 예민하다. 얻는 것을 좋아하기보다 잃는 것을 싫어하는 사람의 손아귀는 단단하다.

어릴 땐 구슬을 참 좋아했다. 반짝반짝 빛나고 동그란 유리알. 그런 걸 만들 생각을 한 사람은 누굴까. 참 예쁘고 쓸모없는 것. 아니, 이미 예쁘다는 것만으로 쓸모는 있던 걸까. 그 이외에 별다른 쓸모는 생각하지 않아도 될 나이였으니까. 망사주머니에 한 움큼씩 팔던 작은 구슬이 내 보물일 때도 있었다.

가끔은 친구들과 구슬치기를 했다. 길가의 아무 돌이나 주워 아스팔트 바닥에 힘주어 동그라미를 그렸다. 허옇게 돌가루가 날리는 경기장이 완성되면 함께 구슬을 쭈르르 붓는다. 왼손에 구슬을 한 줌씩 쥐고 오른손으로 하나씩 집어 던진다. 열에 여덞은 비슷비슷한 구슬이라 귀한 구슬을 따내려면 미간을 찌푸리고 손가락 끝에 힘을 쥐야 했다.

그 느낌이 싫었다. 친구의 예쁜 구슬을 따는 것도 좋았지만, 아끼던 구슬을 잃는 게 더 싫어 내 구슬을 먼저 튕겨 냈다. 새것을 얻을지 모른다는 기대감보다는 손때 묻은 구슬을 잃을 수도 있다는 불안감이 더 컸다. 아끼던 구슬을 잃기라도 하면 악착같이 친구의 구슬을 따냈다. 그러곤 눈치를 보다가 "다시 바꿀래?" 물었다. 나는 뺏고 빼앗기보다는 모으는 걸 좋아하던 아이였다.

이후로도 상자에 여러 가지를 담으며 살아왔다. 색색 무늬가 인쇄된 학종이, 모래를 뒤적여 주운 조개껍데기…. 나이가 들면서도 여전히 무언가를 모았다. 단지 어여뻐서가 아니라, 저마다의 이유가 있었다.

첫 MP3에 꾹꾹 눌러 담은 재생목록과 필통이 터져라 담던 갖가지 필기구. 갓 성인이 되었을 때 호기롭게 모으던 병맥주 뚜껑. 군대에서 받은 여러 편지지에 담긴 손글씨 그리고 그 외 많은 것. 아직까지 서랍 한 켠에 자리한 것도 있지만, 사라진 것이 더 많다. 분명 열심히 모았지만 도무지 기억나지 않는 것도.

그다지도 아끼고 보살피던 것들은 모두 어디로 갔을까.

무언가를 믿는 이는 슬픔에 더 예민하다.
믿는 것을 좋아하기보다 않는 것을 싫어하는
사람의 손아귀는 단단하다.

왜 기억조차 나지 않는 걸까. 애지중지했다는 사실조차 잊고 그렇게 살아가다 보면, 상자에 담겼던 것은 언젠가 문득 향수로 다가온다. 향수가 된다는 건, 시절을 바쳐 아끼던 무엇이라는 것. 그리고 그만큼 오래, 내게서 잊혔다는 것. 잃고 싶지 않아서 손아귀에 힘을 주고 살았는데 어디로 흘러갔을까.

잊고 살아도 계절은 다시 돌아오지만, 그사이 나도 모르게 흘러간 것이 많다. 나는 계속 그 자리에 있는 것만 같은데, 떠나가는 것이 너무나도 많다.

다행인 이야기라면 요즘은 무언갈 모으지 않는다. 남아 있는 것을 버리지 못할 뿐. 대신 마음속에 사람을 담고 살아간다. 이전처럼 상자에 차곡차곡 모으는 것은 없지만, 잃고 싶지 않은 사람들이 생겼다. 그런데 그게 정말 다행인 일일까 생각해 보면 실은 무서운 것 같기도 하다. 구슬이나 병뚜껑과 대화를 나눈 적은 없으니까. 밤새 술잔을 기울이지도, 껴안고 온도를 나누지도, 나를 건네거나 당신을 건네받지도 못하니까. 악착같이 쥐고 산다면 떠나보내지 않을 수 있을까. 사람이라고 다를까.

사람을 가장 아끼게 된 요즘, 나는 바보처럼 이런 게 무섭다.

오랜만이야

나야 잘 지내지.

한마디 뒤에 목이 좀 탈지 모르지만, 또 얼굴 보니 좋잖아.

잘 살고 있다, 너도 나도.

오늘 기울이는 잔이 마지막이 아닌 걸 알아서,

드물게 만나서는 선뜻 헤어지는 거잖아.

어쩌면 네가 내 앞에 있어

잘 산다고 할 수 있는 걸지도 모르지.

잘 살았다 할 수 있는 걸지도 모르지.

각자의 자리에서 지금처럼만 살아가자.

이렇게 보고 싶은 얼굴 두엇쯤 가슴에 쥐고 살아가자.

소행성과
바오밥나무

어린왕자가 사는 소행성 B-612에는 씨앗이 셀 수 없이 많다. 안타까운 건 대부분이 바오밥나무라는 사실이다. 그 탓에 왕자의 일과 중 빼먹지 말아야 할 게 있었다. 자라난 나무가 바오밥나무임을 알게 될 때쯤 뿌리를 뽑는 일이다. 어린왕자가 바오밥나무를 뽑지 않았다면 소행성은 어떻게 됐을까. 결국 부서졌을까. 아마 그랬을 거다. 집 한 채 크기밖에 되지 않는 소행성에게 바오밥나무는 너무나도 큰 존재일 테니까.

어린왕자가 나무를 뽑는 건 살기 위해서다. 자신의 집을 지키려고.

살아가다 보면 많은 사람을 만난다. 삶에 찾아오는 새로운 사람은 소행성의 무수한 씨앗을 떠올리게 한다. 심지어 그 종류마저 다양하다. 때문에 자꾸만 새싹이 자라나도 가만히 지켜볼 수밖에 없다.

아주 어릴 적에는 식물을 구분하는 기준이 고작 풀, 나무, 꽃이 전부였지만 이젠 보기 좋은 꽃과 낙엽 지는 나무, 먹어도 되는 풀 정도의 이름을 안다. 마찬가지로 사람을 보는 안목도 조금씩 생기는 것 같다. 아이와 어른, 노인. 혹은 착한 사람과 나쁜 사람 정도로 구분하던 꼬마가 자라 저마다가 가진 결을 알게 됐다.

섣부르게 사람을 판단하기보다 새싹이 자라 줄기가 되기를 기다린다. 뿌리를 가진 모든 생물의 이름을 알지는 못하지만, 그 결을 이해하려 사람을 찬찬히 바라본다.

돋아난 싹은 자라나기도, 말라 죽기도 한다. 어린왕자가 살던 B-612에서의 바오밥나무처럼 '나쁜 식물'은 더 자라기 전에 뽑아내야 한다. 이제는 크기 전에 뽑아내야 할 것도 조금은 안다. 살다 보니 알게 됐다. 내가 살아가기 위해서.

나쁜 식물이 크게 자라기 전에 뽑아내면 뿌리가 박혀 있던 땅을 금방 고르게 할 수 있다. 하지만 미리 알지 못하고 뒤늦게야 뽑아낸 뿌리도 있다. 그런 자리를 고르게 하려면 시간이 오래 걸린다. 가끔 메꾸지 못할 만큼 땅이 패인 곳은 물이 고여 호수나 연못이 된다. 물가에 앉아 발끝을 참방이며 높이 자랐던 나무를 기억한다. 말라 죽었든 뿌리를 뽑았든 내가 살아가는 행성에서 높게 자랐던 나무인 건 사실이니까. 잊고 싶지 않거나 잊히지 않는 자국이 있다.

지금도 어딘가에서는 땅속 씨앗이 싹을 틔우려 할지도 모른다. 싹을 틔우고 자라나는 식물이 장미일지 바오밥나무일지는 모르지만, 물을 주고 곁에서 찬찬히 바라보고 싶다. 그러다 보면 자라지 못하고 죽거나 뿌리를 뽑아내겠지만, 무럭무럭 자라서 그늘을 만들어 주고 벗이 되어 주는 식물도 있겠지. 어린왕자의 곁에 있던 단 한 송이 장미처럼 내 별에 남아 주는 것을 온전히 사랑하고 싶다.

내가 사는 작은 별에는 크지 않아도 좋으니 아늑한 숲이 하나 있으면 좋겠다.

아프지 말고

아프지 말고, 건강하자.

오랜 안부를 물을 때마다 잊지 않고 하는 말이다.

살면서 가장 서러웠던 때를 돌아보면, 비참하다는 생각이 드는데도 내 힘으로 할 수 있는 것이 없던 때가 대부분이었다. 몸어딘가 고장 나서 앓아누웠을 때도 그랬다. 몸을 일으켜 단 한발짝을 나아갈 힘이 없는데도 당장 해내야 할 일은 쌓여 있었다.

고장 난 사람 하나가 침대에서 끙끙거리고 있더라도, 시간은개의치 않고 지나간다. 어떤 것에도 얽히고 싶지 않아 하던 사람에게 나를 있게 하는 것에 대해 생각하게 한다. '혼자'라는 성질을 가진 사람으로서의 무력감을 느끼게 만든다.

나는 어릴 적부터 꽤 건강한 편에 속했다. 자잘하게 잔병치레는 했어도 크게 아픈 적은 몇 번 없었는데, 요즘에는 대수롭지 않게 생각하던 것에도 종종 앓아눕는다. 한 달 새 두 번을 움직이지 못할 정도로 아팠다.

한번은 여행 중 걸린 독감 때문이었다. 바닷길을 걷는데 자꾸만 잔기침이 나오길래 목에 찬바람이 들어서 그런가 했다. 그러고는 곧장 이틀을 앓아누웠다. 바다 건너 타지에서 아픈 건 새로운 경험이었다. 실오라기 하나 걸치지 않고 침대 시트를 땀으로 다 적시며 26시간을 자다 깨다 했다. 꿈을 열 번 가까이 꿨고 꿈에서 다섯 번 정도 목숨을 잃었다. 딱 그만큼 아프고 서러웠다. 어쩌면 설움의 몇 할은 낯선 땅에서의 고독이었을지도.

혹시 서울에서 아팠다면 조금은 달랐을까 생각하다가, 더는 서러워지고 싶지 않아 일단은 마저 아프기로 했다. 2년을 살았지만 서울 역시 내게는 타지이니까.

낮은 식탁 위 배달 음식 용기들, 기어가듯 나가서 사 온 우체국 택배 5호 박스 일곱 장. 어질러진 방에서 전기장판을 켜 두고 반건조 오징어처럼 널브러진 오늘이 그다음이다. 오늘로 딱 사흘째 허리가 이 모양인데, 문제는 도저히 이유를 모르겠다는 거다.

누워 있는 동안은 아무렇지 않다. 하지만 어디라도 나가려 바닥에 발을 딛고 일어나는 순간, 허리에 무게가 더해지고 반사적으로 얼굴이 일그러진다. 통증을 느끼며 풀썩 자리에 주저앉고 나면 무력감이 밀려온다. 당장 이틀 뒤가 이삿날인데 아직 모양도 잡히지 않은 택배 박스가 눈에 들어온다. 버려야 할 쓰레기와 정리되지 않은 옷가지가 산더미에다 싱크대에는 설거지해야 할 식기가 남아 있다.

침대 위에 웅크려 통증과 막막함을 속으로만 호소하다가, 하루가 다 지나서야 도움을 청해야겠다는 생각을 한다. 염치도 없이, 나 많이 아프다고. 움직이기조차 힘들다고. 밤늦은 시각에도 불구하고 몇 개의 하소연과 걱정이 오갔고 따뜻한 손길이 있었다. 나는 고마운 사람들을 곁에 두고도 마음을 열지 못한 걸까. 나를 가족이라 여겨 주는 사람들 사이에서 혼자 마음을 타지에 보내 두고 있던 것이다.

여전히 몸을 일으키지 못했지만, 더는 서럽지도 서글프지도 않았다.

아프지 말고, 건강하자.

건네는 안부 속에는 그런 의미가 담겨 있던 건 아닐까. 혹시라도 네가 아프고 힘들면 기대도 괜찮다고. 그만큼 서러운 일이라는 걸 나도 아니까 말해도 괜찮다고. 그리고, 내가 아프고 서러울 때 너에게 기대도 괜찮을까 묻는 걸지도 모른다.

나 많이 아파, 이 한마디 건네는 게 그렇게 힘든 일이라는 걸 알아서.

우리, 아프지 말고 건강하자.

외로운 사람의
모양

　말이 스트레칭이지 싸우는 것이나 다름없다. 침대 위에서 목을 뽑고 등 근육을 당겨 가슴을 내민다. 오늘 하루도 잘 오그라들어 있었구나. 자주 하는 편은 아니지만 이놈의 근육은 어찌그리 할 때마다 돌같이 굳어 있는지. 뜀박질하는 것도 아닌데 몸에서 땀이 다 난다.

　자세란 오랜 습관이 모여 굳어진 사람의 모양인데, 나는 오래전부터 이런 말을 듣고 살았다.

　"정현아, 어깨 좀 펴라. 목도 뒤로 넣고."

　"벌써부터 자세가 그렇게 구부정해서 어쩌냐."

　어딜 가든 나를 따라다니던 말이다. 부모님에게서도, 학교 선생님에게서도, 언젠가의 애인에게서도. 어릴 땐 의아했다. 가만히 있어도 허리가 구부러지고 어깨가 말리는데 왜 힘주어 펴라는 걸까? 나는 내가 편한 게 좋은데. 등을 당겨 자세를 고치는 일은 상황을 모면하기 위함일 때가 많았다.

내 자세를 내가 볼 수 없으니 오래 그런 채로 살아왔다. 몸의 모양은 눈을 깜빡이고 침을 삼키는 것처럼 의식하지 않고 살아가는 것의 범주에 속한다. 적어도 그때의 나에게는 그랬다.

계속 이렇게 살아서는 안 되겠다고 느낀 건 성인이 되고 나서 우연히 본 사진 때문이었다. 찍히는지조차 몰랐던 대학교 엠티 때의 사진. 그런데 사진 속 나는 마치 금방이라도 앞으로 쓰러질 사람처럼 몸을 말고 있었다. 키도 훨씬 작아 보이는 데다 앞에서 보면 얼굴도 크게 보일 게 분명했다. 인류 진화표 속 아직 허리를 펴지 못한 지난 세대의 인류를 보는 것만 같았다. 이후로는 생각이 날 때마다 스스로 목을 뒤로 넣고, 어깨나 허리 스트레칭을 한다.

매일매일 하지 못하고 자꾸만 잊어서인지, 오래 굳은 모양이어서인지 몇 년째 자세가 고쳐지지 않는다. 그래서 오늘처럼 스트레칭하기로 마음먹은 날에는 싸우기라도 하는 듯 끙끙댄다. 등줄기를 따라 땀방울이 흐르기에 에어컨을 켜고 마저 몸에 힘을 준다.

어깨를 펼 때는 등 뒤에서 팔꿈치가 닿을 듯한 느낌으로 등 근

이리 와서 나를 좀 안아 달라고.
지금 내가 이만큼이나 외롭다고.
몸이 자꾸만 말하는 사람은
남들보다 조금 더 외로운 사람인지도 모른다.

육을 당겨야 한다. 그러면 가슴이 앞으로 나오면서 굽은 어깨가 펴진다. 팔꿈치는 가슴 앞에서는 쉽게 닿는데 등 뒤에서는 안간힘을 써도 닿지 않는다.

사람은 왜 서로를 안는 모양으로 생겨 먹은 걸까?

거울 속에서 표정을 구기면서까지 몸을 펼치는 나를 보다 문득 그런 생각이 들었다. 몸이 굽는다는 건 단지 컴퓨터를 하고 책을 읽을 때의 습관 때문만은 아닐지도 모른다. 어쩌면 앞의 사람을 좀 더 적극적으로 안으려는 습관이 만든 몸의 모양이 아닐까.

어깨가 말리고 목이 나온 사람은 자세가 조금 흉할지언정, 그것보다 더 중요한 게 있는 거다. 내 몸이 동그랗게 말리기 전에 알아주었으면 하는 표시 같은 거. 이리 와서 나를 좀 안아 달라고. 지금 내가 이만큼이나 외롭다고. 몸이 자꾸만 말리는 사람은 남들보다 조금 더 외로운 사람일지도 모른다. 나도 그런 사람 중의 하나로 살아왔던 거겠지.

앞으로도 깜빡깜빡 잊을 거다. 그래서 분명 앞으로도 몇 년은 혹은 그보다 오래 자세가 고쳐지지 않겠지만, 생각날 때마다 몸을 늘어뜨리고 당겨야지.

어른들은 알고 있던 게 아닐까. 자세를 곧게 하고 걸으란 말은 정말 자세만을 걱정한 걸까. 혼자서도 잘 살아가야 한다고, 어쩌면 그런 말이 하고 싶었는지도.

"여태 그런 적이 없는데, 요즘은 자세가 곧은 사람이 예뻐 보여."
언젠가 길을 걷다 친구에게 묻지도 않은 말을 한 게 떠올랐다.

겁쟁이들의
대화

"헛소리하지 마. 사랑은 무슨 사랑이야."

언제부터 알게 된 친구인지는 잘 기억나지 않는다. 글을 쓰기 시작할 때부터였나 아니면 그보다도 전이었나. 어느새 내 옆에 있었다. 친구는 사람에게 살갑지 못한 편이다. 그런데도 영영 혼자서는 못 살겠다고 말하곤 한다. 그래서인지 자신을 툭 터놓지는 못하면서도, 가만 보면 히죽히죽 잘 웃고 다닌다. 그러면서 또 유독 나에게는 괜히 툴툴댄다. 친구의 글을 읽으면 가끔은 지나치게 솔직해서 마음이 저린다.

소식이 없으면 괜히 걱정되는 사람 중 하나.

다행히도 나에게는 그런 사람이 몇 있다. 그 사람들에게 잊을 만하면 문득문득 하는 말이 있다.

"사랑해."

대단히 사랑이 헤퍼서 하는 말은 아니고, 매듭을 묶은 양쪽 끈을 당기는 말이다. 행여 그새 헐거워지지 않았나 하고. 네가 없는 곳에서도, 우리가 자주 보지 못하더라도 너를 생각한다고.

그런데 그 말을 듣더니 친구가 질색한다. 사랑은 무슨 사랑이냐고. 원체 툴툴대고 하는 말마다 토를 달기는 했지만, 그날따라 서운한 마음이 들어 따지듯 물었다. 도대체 뭐가 문제냐고.

"사랑은 애정이랑 다르잖아."

"애정?"

"그래. 마냥 좋은 감정이 아니라고. 예쁜 색만 있지도 않고. 사랑은 생각보다 구질구질하고 너저분한 거야."

한 번 더 따져 물으려다 말았다. 이면 없는 사랑은 없었으니까. 좋아하는 마음에 욕심이 섞여 들면 그날부터는 천국이거나 지옥이었다. 애정과 관심, 배려의 뒷면에는 질투나 집착, 조급한 마음 같은 것이 숨어 있었다. 모른 척, 아닌 처해도 부정할 수는 없었다.

시작도 어려우면서 그 끝은 어떻고. 화면 속을 건너다보는 드라마처럼 회가 끝나고 종영한다고 끝나는 게 아니다. 마침표를 찍고 나면 문장보다 긴 여백을 울어야 한다.

그 색이 모두 어우러진 게 사랑이고, 그래서 아름답다고 말하기엔 타인이 겪은 사랑의 색을 모른다. 사랑은 나이가 들고 사랑을 거듭하며 조금씩 자란다. 나조차도 어떤 색은 버리고 잊어가며 사랑을 키우지 않았나. 그리고 나중엔 시작부터 피하게 된 색도 생겼지. 친구가 하는 말을 완전히 이해했고, 수긍했다.

"그러니까 너는 나 사랑하지 말고 그냥 좋아해줘."
"응. 좋아해줘."

좋아한다. 애정한다.
아프기도, 미움받기도 싫어하는 겁쟁이들은 사랑을 그렇게 부르기도 한다.

볼 안에 사는
시절

메뉴판에 있으면 선택권이 없는 사람처럼 고르는 음식이 있다. 스지. 일어로 소의 힘줄을 뜻하는 식재료다. 그게 전골이든 조림이든 아무렴. 파는 곳도 많지 않고 자주 찾는 음식도 아니지만 눈에 띄면 꼭 먹고야 만다. 설사 먹고 싶은 다른 요리가 있었다 하더라도. 오랜 시간 익혀 말캉해진 한 점을 어금니 사이에 넣고 씹고 싶어진다. 다른 식재료에서는 느끼기 힘든 그 식감을 느끼고야 만다.

인적이 드문 거리, 낡은 건물의 지하에는 작은 카페가 있었다. 그곳에는 쓰고 싶어 쓰던 네 사람이 있었다. 같은 마음 하나로 만난 우리는 불씨를 하나씩 쥐고 숲을 걷던 사람들. 길 없는 숲에서 함께 걷는 사람이 있어 손에 힘을 주고 걸었다. 서로의 곁을 내주며 우리 저쪽으로 가 보자, 저쪽으로 가 보자. 앞이 보이지 않더라도 조급해하지 말고.

"이게 스지 조림이라는 건데 이틀 전에 예약해야 해. 진짜 맛있다니까."

우리를 술집으로 데려온 친구는 달뜬 목소리로 말했다. 우리가 지하에 꾸린 카페만큼이나 자리가 몇 없는 작은 술집이었다.

오랫동안 삶아 무르게 해야 하는 식재료인 데다 큰 가게가 아닌 탓에 예약이 필요했던 음식. 이틀 전에 주문해야 하는 비싸고 귀한 메뉴를 선뜻 시키면서 우리는 참 좋아했다. 스지 조림 하나에 육회 한 접시 그리고 공깃밥 네 개. 고된 하루 끝에는 달기 마련이라며 소주를 몇 병이나 마셨지. 반찬으로 나온 작은 토끼 모양 계란찜을 흔들며 아이처럼 좋아했지. 길바닥이 젖은 날에도, 입김이 나오는 날에도. 같은 우산 아래 달큰하게 취해선 여린 오늘을 노래했지.

분식집의 라면값을 보다 집으로 돌아가 냄비에 물을 끓인 적이 있다. 하루 중 대부분의 시간을 쉼 없이 보내면서도 주머니에 돈이 없던 시절. 라면이나 오천 원 남짓한 백반이나 국수로 끼니를 때우면서도, 그 자리 우리가 함께 있을 때 아까운 건 흘러가는 시간뿐이었는데.

시간이 지나 조용한 거리의 카페는 문을 닫았고 우리는 각자의 길을 헤매러 떠났다. 나는 저쪽으로 갈래. 나는 이쪽으로 갈래. 줄기에서 떠나온 가지처럼 나름의 잎과 꽃을 피우며 살아가게 됐지만, 이제는 소식마저 쉬이 알기 힘들다. 가깝고도 먼 사람이 되어 간다.

그럴 때마다 우리가 헤어진 자리를 돌아본다.

그제도 망설이지 못하고 스지 요리를 먹었다. 그 음식을 먹고 있자면 멀리서도 그들과 함께 취하는 기분이 든다. 전화를 해 놓곤 "생각이 나서" 한마디가 다일 게 뻔하지만 묻고 싶다. 우리 그때 참 힘들고 불안했지만 좋았었지? 나는 그 시절을 떠올리면 눈물이 날 만큼 고마워진다고 말해 주고 싶다. 덕분에 견뎠다고. 지금 이렇게 살아가고 있다고.

기억은 곧잘 미화된다. 볼 안쪽에 남아 있는 감각도, 그 시절의 기억도 시간이 포장해 준 것일 수 있다. 하지만 지나간 것에 대한 기억은 사람 마음에 어중간하게 남지 못한다. 잊히지 않고 남은 이야기는 희극이나 비극이 된다. 그런데도 우리의 이야기가 말캉한 식감으로 남을 수 있다는 건 얼마나 감사한 일인가. 기다렸다는 듯 들려오는 수화기 너머 목소리는 통화 버튼을 누르기까지의 시간을 얼마나 부끄럽게 하는가.

사람이
사람에게

    종종 편지를 씁니다. 받는 사람 없는 이런 편지요. 오늘은 기껏 사람 없는 바다를 찾아가서도 소리가 들려오는 곳으로 걸었습니다. 빛이 밝은 곳으로 걷습니다. 사람이 그렇더라고요. 어떤 다짐은 매번 어떤 마음에 무너지고요. 바다를 그리워할 줄 아는 사람은 눈물이 많다는 이야기를 들었는데, 어쩌면 그 반대일지도 모르겠습니다.

    수 개월 만에 찾은 바다엔 소식 없던 비가 왔네요. 비는 떨어져 바다로 모인다는데 바다로 떨어지는 비가 많았어요. 섞인 비는 언제쯤 다시 비가 될까 하다가, 나 아주 어릴 적엔 눈물도 참 많았는데. 그 시절쯤의 수분이라면 아마 이 근처 어디에서 철썩거릴 수도 있지 않을까요.

오늘은 이깟
사람 없는 바다를 찾아가서
소리가 들려오는 곳으로 걸었습니다

비가 파도에 닿으면 없던 일이 됩니다. 젖지 않는 것은 이미 젖었거나, 물보다 촘촘해 매끄러운 것입니다. 왈칵 쥐면 아귀가 흥건해지거나 아무 일도 없거나 하겠네요. 나는 어떤 사람일까 하다가 손에 든 우산을 접습니다. 얼마간 걸었더니 머리칼이 다젖어 뻣뻣해졌어요. 눈 아래가 저리고 입가에 짠내가 도는 건 바다라서 그럴 겁니다.

횡단보도를 건너며 핑계라고 생각해 낸 게 고작 위아래로 흔들리는 플라스틱 비닐 조각들입니다. 언젠가의 우리는 웅덩이에 들어가 물장구치며 곧잘 놀았겠지만, 이제는 우산을 씁니다. 세상이 만든 작은 우물을 피해 걷습니다. 앞서가는 우산은 크기도 무늬도 색도 높이도 다릅니다. 위아래로 오르내리는 폭과 앞으로 나아가는 속도마저 다릅니다.

나는 그렇게 무수히 다른 것 중 하나로 자랐습니다. 그뿐입니다. 비가 그쳤는지 돌아오는 길엔 눈가가 꽤 말랐네요. 새로 산 청바지가 다 젖어 걸음이 느려졌지만, 기분은 한결 나아졌습니다.

구름 좋은 날이라고 사진을 찍곤, 건네줄 이름 하나가 떠오르지 않아서 문득 온 하루가 슬퍼지기도 하는 게 사람입니다. 작은 화면 속에 만들어진 웃음거리와 마음을 가라앉히는 노래 따위로 울음을 참는 게 사람입니다. 같은 사람은 없겠지만 결국엔 사람이란 걸 알아서, 그래서 이렇게 편지를 쓰며 지냅니다. 나는 여기에 이런 모습으로 살고 있다고. 그런데 세상에 젖지 않는 사람이 어딨을까요.

춤을 추는
사람들

'오늘도 자리가 별로 없네.'

걸어서 30분, 지하철 두 정거장 떨어진 거리에 자주 가는 24시 카페가 있다. 막차가 끊겨도 적당히 걸어 집에 돌아갈 만한 위치다. 전에도 있는 줄은 알았지만 자주 오게 된 건 한 달도 되지 않았다. 답답할 정도로 테이블이 다닥다닥 붙어 있을 뿐 아니라, 오래된 카페였는지 의자가 검게 때 타고 뜯어진 곳도 한두 군데가 아니어서 발걸음이 향하질 않았다. 잊고 지내다 2주 전쯤 다시 들렀더니 새 단장을 했는지 몰라보게 달라져 있었다. 가구만 바뀐 게 아니었다. 외관 장식부터 타일과 벽, 조명까지 완전히 교체해 새 가게가 되었다.

또 한 가지 놀랐던 건 카페 전체가 도서관처럼 조용했다. 주변에 24시 카페가 몇 없는 탓에 자정이 넘는 시각엔 공부나 작업을 하는 사람이 있어 이 정도로 조용하지는 않았다. 다른 자리에 앉아 눈도 마주치지 않는 사람들이 어디선가 약속이라도 하고 온 게 아닐까 싶을 정도였으니. 그 분위기에 홀려 한 주에 서너 번도 넘게(당연히 주말은 피해야 한다) 자정 가까운 시간 이곳을 찾는다. 혼자 하는 일을 하면서도 사람이 있는 곳을 찾아갈 때가 많다. 학교 다닐 때도 자리마다 칸막이가 있는 독서실보다 도서관의 넓은 책상을 좋아했었지.

이 조용함의 비밀은 대학을 다니는 지인과 대화하다 알게 됐다. 지나가는 소리로 시험 기간이라며 볼멘소리를 하기에 그렇구나 했는데, 나중에야 이 카페가 생각난 것이다. 시험 기간이었구나.

집중하고 있는 사람의 표정을 보면 묘하게 감화된다. '자 그럼, 우리 열심히 해 봅시다!' 따위의 주문을 속으로 외치게 된다.

'그림자가 있었네, 저 그림.'

오늘은 2층으로 올라오는 계단 맞은편에 앉았다. 고개를 들면 보이는 계단 위 파란 등이 신경 쓰여 자꾸 보게 된다. 어디론가 달려가는 사람이 그려진 등. 비상구 유도등이었던가. 건물의 다른 불이 모두 꺼져도 저 파란 불은 꺼지지 않는다. 애초에 켜고 끌 수 있는 스위치조차 만들지 않는단다. 적어도 24시인 이곳에서는 다른 조명과 함께 내내 켜져 있겠구나.

크게 신경 쓴 적 없어서 몰랐는데, 사람 모양 그림의 발이 닿는 곳을 기점으로 문틀과 다리가 비스듬히 누워 있다. 그렇다는 건 밖에서 빛이 든다는 건데. 초록색이 어두운 곳이고 흰색 부분이 밝은 곳이구나..비상구는 애초에 '비상시'에 나갈 곳이니까. 위험한 곳과 비교적 덜 위험한 곳. 비상시가 되면 여기 있는 모두와 저 표시등이 있는 곳으로 달려가겠지. 어두운 곳에서 밝은 곳으로.

괜한 망상을 한다 싶어 주변을 둘러보니 역시 조용하다. 키보드를 두드리는 소리, 책장을 넘기는 소리, 누구도 시키지 않았는데 말소리를 낮춰 대화하는 소리. 밖에 나가면 길 하나 건너에 술집이 즐비한 거리가 있다. 그런데도 여기 사람들은 모두 같은 표정을 하고 있다. 몰두하는 사람의 얼굴. 가끔 입술을 잘게 깨물기도, 가볍게 머리를 쥐어뜯기도 하지만 앞에 있는 것에 눈을 떼지 않는다. 어쩌면 우리는 이미 어디론가 달려가고 있는 게 아닐까.

며칠 전 본 영화 〈스윙키즈〉에서는 주인공들이 춤을 췄다. 그들은 각기 다른 생각을 가지고 다른 이유로 춤을 춘다. 유명해져서 전쟁통에 잃은 아내를 찾기 위해서. 돈을 벌어 식구를 먹여 살리기 위해서. 춤추는 게 너무나도 즐거워서. 모두 다른 이유가 있고 복잡한 이해관계가 얽혀 있지만, 한자리에 모이고 나면 그런 건 아무 상관이 없다. 앞뒤로 쇠가 덧대어진 신발을 갈아 신고 한곳에 모여 탭댄스를 춘다. 그들은 웃고 있다. 옷이 흠뻑 젖고 땀방울이 바닥에 떨어져도 그저 즐거워 발을 굴린다.

딱딱딱, 따닥, 탁, 타닥, 탁.

기름때가 묻어 반질거리는 키보드. 그 위에서 부지런히 움직이는 손가락을 보며 나는 춤추는 상상을 한다. 땀을 흘리고 가쁜 숨을 몰아쉬는 나를 본다. 이 일이 나를 어디로 데려다줄지는 모르겠지만, 적어도 춤추는 나는 웃고 있다. 분명 우리는 부지런히 달리고 있다. 그러니 다들 속으론 웃고 있었으면 좋겠다. 파란 등에 그려진 사람의 모양이 꼭 춤을 추는 것 같다는 생각을 한다.

혼자 사는
사람들

오늘은 눈을 뜬 순간부터 기분이 좋다. 잠에서 깨고도 일어나지 못하는 다른 아침과는 달리 눈꺼풀이 떠지자마자 이불 정리를 하고 일어났다. 그다음 'RAIN FOREST'라고 쓰인 인도풍종이 포장지에서 향을 꺼내 켜고, 쳇 베이커 노래를 들으며 샤워를 한다.

간만에 아침을 만들어 먹을까. 끼니를 해 먹는 일이 없어 쌀은 없지만, 찬장에 오래전에 사 둔 즉석밥이 두 개 있다. 옆 칸에는 지난달에 사 둔 달걀 일곱 알. 뭐라도 만들어야겠다 싶어 좀처럼 열어 볼 일 없던 냉장고도 열어 본다. 겉이 연한 갈색으로 변한 양파 두 알과 썰어 얼려 둔 대파가 있다. 제법 요리 같은 요리를 해 먹을 수 있겠다. 하얀 그릇에 달걀 세 알을 깨 넣고 재료를 다듬는다. 껍질을 벗겨 내 작아진 양파 알맹이를 채 썰고, 팬에

식용유를 둘러 대파와 함께 넣어 볶는다.

익어 가는 파와 양파 냄새가 섞여 올라올 때쯤 계란물을 부어 스크램블 에그를 만든다. 오늘 식사의 메인 요리다. 전자레인지에서 즉석밥을 꺼내면 낮은 탁자에서 이루어질 일 인분의 식사 준비가 끝난다. 밖에서 먹는 것에 비하면 단출하지만, 가끔 집에서 끼니를 해 먹는다는 것만으로 기분이 좋아진다.

어떤 옷을 입고 나갈까. 며칠 전에 산 니트를 몸에 대어 본다. 짙은 남색의 두껍지 않은 니트. 요즘 날씨에 적당하겠다. 저녁엔 좀 추울지도 모르니 갈색 재킷도 챙겨야지. 새것과 새것이 만나면 괜스레 설레는 마음이 더 커진다.

오늘은 며칠 전부터 가 보고 싶던 공간에 예약한 뒤 첫 방문하는 날이다. 맑은 하늘과 구름, 옷 사이로 드는 적당히 쌀쌀한 바람. 날씨가 좋아서 다행이다. 1인 방문을 권장하는 그곳은 카페가 아니라 개인 작업실 한 켠을 내주는 곳이란다. 소개를 받고 난 뒤 나를 위한 곳인가 싶어 며칠을 생각하며 보냈다.

하늘색 호선의 숙대입구역에 내려 걷는다. 은행나무가 줄지은 길을 주욱 따라 걸어 오르기만 하면 된다. 짙은 초록이던 은행잎이 속부터 노랗게 물들어 간다. 봄의 것과는 조금 다른 연두색. 봄엔 설익은 새것의 느낌이 난다면 초가을은 수줍게 물드는 연두색이다. 가지의 처진 정도와 벌써 바닥에 떨어진 은행을 보며 암수를 구별해 보다, 또 그것을 피해 종종걸음으로, 다시 똑바로 걷다 보니 어느새 도착했다.

모르는 사람이라면 지나칠 법한 허름한 병원 건물의 3층. 한 사람씩을 위한 네 개의 자리, 벽에 기댄 자리 하나와 창에 맞닿은 두 개의 자리, 마지막으로 안쪽 구석에 기대 눕거나 앉을 수 있는 의자와 함께 놓인 좌식 테이블. 두 개의 창은 건물의 등과 얼굴에 있다. 뒤에는 3층 높이까지 올라오는 나뭇가지와 내리막을 따라 누운 동네, 도로와 맞닿은 앞의 창은 산과 하늘을 마주 보고 있다. 느린 시선으로 공간을 거닐다 자리에 앉았다. 산과 하늘이 보이는 곳.

나머지 자리에는 어떤 사람이 앉을까. 이 공간을 찾는 사람은 어떤 사람일까. 노트북, 책 두 권, 일기장, 스케치북 그리고 필통. 가방의 내용물을 줄줄이 꺼내 늘어놓으며 미세하고도 무거운 일 인분의 삶에 대해 생각한다.

"저는 완전히 혼자예요. 기억이 안 나던 때부터 꾸준히, 여전히."
"거짓말. 친구 많을 것 같은데. 나는 정말 혼자인걸요."
"그런 말은 아니었는데. 친구는 많아요. 나는 어릴 적부터 혼자 살았어요. 학교 때문에 집에서 나와 살았거든요. 그런데 지금 내가 기억하는 모든 순간은 외로웠던 것 같아요."

"친구들과 있을 때도, 어릴 적 부모님이랑 있을 때도 말이에요?"

"그러게요. 어쩌면 그냥 내가 어려서일지도요. 많이 성숙했다고 생각했는데."

"어리진 않은 것 같아요. 그렇게 느꼈으면 그런 거잖아요. 굳이 아니라고 생각할 필요는 없어요."

"왜 자주 외롭다고 느껴요? 특별한 건 없고 그냥 그래요?"

"음, 나는 좀 달라요. 자주 외롭지는 않은데 자주 혼자거든요. 외로운 것과 혼자인 것은 달라요."

"그래요. 난 외로운 건 좋아. 하지만 그걸 누군가에게 기대 해결하는 내가 싫어요."

"외로움에 꼭 누군가가 있어야 하는 건 아니라고 생각하는데."

비가 내리던 날에 잠들지 못하는 두 사람이 나눈 대화가 떠올랐다. 그곳에는 혼자가 아니어도 오래 외로웠던 사람과 자주 혼자이지만 외롭지 않다고 말하는 사람이 있었다. 여럿 사이에서 혼자리 느끼고 외로워하는 사람과 혼자여도 괜찮다 말하기도 드문 외로움에 온 생활을 무너뜨리는 사람. 셀 수 없이 많은 사람이 땅 위에 발을 맞대고 살아가고, 우리는 여러 방식으로 혼자가 된다.

그리고 여기에는 허름한 건물의 좁은 창으로 세상을 내다보는 사람이 있다. 길가에 으스러진 계절의 열매나 변해 가는 잎의 색을 보며 웃는 사람이 있다. 제힘으로 차려 낸 일 인분의 보잘것없는 끼니에도 자세히 행복해하는 사람이 있다. 삶의 작은 향이나 온도에도 민감한, 자주 쓸쓸하거나 때때로 외로운, 그런 것에 유독 취약한.

　세상에는 그렇게 혼자로 살아가는 사람이 있다. 혼자가 되어서도 또 다른 혼자를 궁금해하는, 그런 사람이 있다.

구름에게 인사하듯
헤어지자

　구름이 흘러간다. 침대에 누워 바라보는 구름은 사람을 착각하게 만든다. 나 저것들과 함께 떠내려가고 있는 건 아닐까. 고개를 돌릴 것 없이 눈동자를 굴린다. 쫓던 구름이 창틀 밖으로 사라져도 몸을 일으키지는 않는다. 내가 바라봐도, 바라보지 않아도. 흐르던 곳으로, 흘러야 할 곳으로 갈 테니. 구름이 사라진 반대편 창틀에서 다시 구름이 흘러온다. 그 위에 시선을 새로 얹는다.

　천천히 흘러갔으면 좋겠는데. 창으로 팔을 뻗는다. 하늘에 손바닥을 대고 손가락을 폈다가 모았다가. 하얀 물고기 몇 마리가 살색 산호초 사이를 헤엄친다.

　이만큼의 거리에서, 이만큼의 무게로 사람을 대할 수 있다면 좋을 텐데.

'가까이 사귀어 정이 두터워진 사람과의 관계'를 친하다고 한다. 하지만 친하다고 '부르는' 관계의 기준은 조금 다르다. 바닷물에 무릎만 적시고도 바다에 들어갔다고 말하듯, 나에게 친하다는 말은 '가까이 사귀어'까지다. 속에서의 기준은 다를지 몰라도, 가까이 사귀는 사람 대부분을 친하다고 하게 됐다.

대하는 사람이 많아지면서 생긴 일종의 처세술인가 싶다. 하지만 친하다고 말하는 사람의 범위가 넓어질수록, 속으로 친하다고 생각하는 사람이 더 소중해졌다. 내 안에 사는 사람들에게 더 깊은 곳까지 내주게 됐다.

익숙한 이름이 혀뿌리에 걸렸다가 사라진다. 친하다 생각한 누군가와 멀어졌다. 헤어짐은 침대 위에서 느긋하게 구름을 구경하는 것과 다르다. 고개를 돌리고 몸을 일으켜 쫓아도 창틀을 벗어난다. 창밖으로 몸을 내밀고 기웃거리게 한다. 사람과 멀어지는 일은 심심찮게 겪으면서도 적응하기가 어렵다. 아마도 적응의 대상이 헤어짐이라는 '행위'가 아닌 헤어지는 '사람'이어서가 아닐까. 매 이별이 새 이별이라 예행 연습이 없다.

밀어내고 있음을 느끼는데도 할 수 있는 게 없다. 무엇을 하더라도 닿질 않는다. 나는 당신을 구름으로 보지 않는데 당신은 떠가는 구름이다.

얼굴을 익히고 정을 두터이 하는 것은 둘의 일. 멀어지는 것은 하나의 일. 남겨지는 것도 하나의 일. 사람은 문득 다가오고 문득 멀어진다. 다가올 땐 아무것도 들고 오지 않으면서 떠날 때는 잔뜩 두고 떠난다. 서운하고 미운가 싶더니 이내 안타깝고 아쉽다. 영영 가 버리고 나서는 뒤늦게 미안해하기도 한다.

멀어져 지나간 이름을 센다. 마음의 창틀은 생각보다 넓지 않아서 지나간 이름을 잊기 어렵다.

손 뻗으면 닿을 곳까지 다가왔다가도 아주 멀어져 버리는 사람들은 내게 어떤 기대를 했다. 아니면 애당초 가깝지 않은 사람이었거나. 바라는 게 없는 사람과는 영영 멀어질 일도 없다. 만나면 안녕하고, 헤어질 때 안녕하면 그만.

나는 상대가 원하는 사람이 아닌 적이 많다. '생각보다'라는 말을 듣는 게 익숙하다. 생각보다 날카롭고 인상이 세 보인다거나, 생각만큼 다정하지도 따뜻하지도 않다. 누군가는 나를 설명할 때 그런 표현을 쓴다. 그 외에도 내 것이 아닌 '어떤 생각들'이 있다. 나를 어떤 사람이라 소개한 적 없지만, 나는 이미 생각과는 다른 사람이 되어 있다.

내가 당신이 원하던 사람이 아니어서 미안하다. 동시에 내가 미안한 마음을 느낄 만큼 다가온 당신이 조금 밉다.

달콤함 익히고 썸을 두려워하는 것은 둘려 일.
멀어지는 것은 하나의 일.
남겨지는 것도 하나의 일.
사람은 문득 다가오고 문득 멀어진다.
다가올 땐 아무것도 들고 오지 않으면서
떠날 때는 잔뜩 무거 떠난다.

분명 내 창에 머물며 흐르는 구름도 다른 곳에서는 다른 모습으로 살아가겠지. 물고기가 되어 지느러미를 흔들다 새가 되어 멀리 날아가겠지. 그리고 나도 누군가에게는 떠가는 구름이었겠지. 멀어져 지나온 이름을 센다. 기억하지 못하는 이름이 있을 수도 있겠다.

　엄지와 집게손가락을 동그랗게 말아 구름 하나를 가둔다. 밖에 나가 한 번만 더 손을 내밀어 봐야지. 여전히 너를 아낀다고, 가지 말라고 말해 봐야지. 그런데도 네가 흘러가야겠다면, 그때는 손가락 사이를 지나가는 저 구름과 헤어지듯 인사해야지.

　안녕, 만나서 반가웠어.

나도 나를
모르고

  고작 잘하고 있다는 말 한마디에 어깨를 들썩인 적이 있다. 집에 돌아와선 현관문을 닫자마자 주저앉아 운 날. 그다지 가깝지도 멀지도 않던 사람에게 들은 한마디. 어쩌면 무심코 던졌을지도 모르는 말에 온 마음이 허물어졌다.

  아무 걱정 없는 듯 웃으며 사는 사람도, 바쁜 걸음으로 걷는 저 많은 사람도 다들 살아 보지 않은 삶을 살고 있는 거다. 모르는 것투성이인 삶이지만, 누구나 서툴다는 걸 알아서 겨우 이 한마디라도 건네는 게 아닐까.

  나 잘하고 있구나.

  어른이라는 이름으로 나누어 가진 책임의 무게가 오롯이 내 것이 되면서 삶이 조금은 무겁게 느껴질 때도 있지만, 괜찮다고. 나 잘하고 있다고. 다시금 잘 살아 보자고 자세를 고쳐 앉는다.

나조차 나를 설명하지 못할 때가 많다. 이유를 묻지 않는 토닥임이 필요할 때도 있다.

2장

사랑이 전부가
아닐 수는 있지만

사랑의 모양

　단언컨대 혼자 사는 사람에게 가장 획기적인 음식은 냉동볶음밥이 아닐까. 인터넷으로 한 번에 열 개도 넘게 주문하곤 냉동실에 죄다 집어넣어 두면 된다. 식사 준비 시간이 10분도 안 걸리기 때문에 딱히 뭔가 해 먹고 싶은 기분이 들지 않을 때 안성맞춤이다. 보통 저녁보다는 첫 끼에 먹는다. 아침 겸 점심이라기엔 무안하고, 점심이라고 하기에도 조금 늦은 세 시쯤. 일어나자마자 요리하기에는 귀찮고, 나가서 먹거나 시켜 먹기에는 아까울 때. 닭갈비 볶음밥, 함박스테이크 볶음밥, 소불고기 볶음밥, 사천식 볶음밥…. 뭐든 냉동실에서 꺼내 가위로 비닐을 자르고 프라이팬에 부으면 그만이다.

　얼어 있던 볶음밥을 팬에 고르게 펴곤 냉장고로 향한다. 몇 가지 반찬, 볶음밥 위에 얹을 계란 프라이가 될 달걀도 하나. 일주일에 한두 번쯤은 집에서 요리를 하지만 보통 '집에서 밥 먹는다'는 의미는 이 정도다. 가끔 질리는 날에는 볶음밥이 즉석밥으로 바뀌는 정도일까.

　며칠 전에는 집에 부모님이 다녀가셨다. 대학에 들어간 동생이 컴퓨터가 필요하다고 해서 가져갈 겸, 큰아들 집 집들이도 할 겸. 이사한 지 벌써 3개월이 지난 걸 생각하면 이른 방문은 아니었지만, 이사할 때부터 꼭 오고 싶어 하셨다. 나도 꼭 초대하고 싶었고.

　고시촌에 살 때는 집에 붙어 있지를 않아 부모님이 오실 때마다 어질러진 모습만 보여 주었다. 그런데 요즘은 한껏 꾸며 놓고 청소기까지 돌리며 지낸다. 하얀 천을 덧댄 라탄 빨래통이 가득 차면 세탁기를 돌리는데, 아직까지 빨래도 일주일을 넘긴 적이 없다. 그 전엔 빨래통을 돈 주고 살 생각이나 해 봤을까. 이쯤 되니 조금은 뿌듯하고 자랑도 하고 싶은 거다. 비록 간단한 끼니지만 살이 오를 만큼 밥도 챙겨 먹고 집도 깨끗하게 청소하고 산다고. 그러니 걱정하지 않아도 된다는 마음도 조금.

　그런데 이사한 아들 집에 온 어머니가 첫 번째로 한 일은 가지고 온 짐을 내려 두고 시장에 가는 것이었다. 나름대로 챙겨 먹는다고 요즘엔 우유도 사서 마신다. 그런데도 냉장고가 왜 이리

빈 빨래통와 가득 찬 냉장고,
그리고 차려 먹지 않던 아침상.
사랑에도 모양이 있다면
꼭 이런 모양이지 않을까.

비었냐며 오랜만에 잔소리를 들었다. 밖에서 함께 점심식사를 하고 일이 있어 잠깐 나갔다 왔더니 그새 한바탕 청소도 하셨나 보다. 반쯤 찼던 빨래통이 비어 있다. 냉장고에는 언젠가 반찬을 해 먹을 거라며 샀던 반찬통이 가득 찬 채로 있다. 평소엔 비싸서 잘 사 먹지 않던 과일도 보인다.

나 다 컸다니까, 정말.

그날은 부모님께 침대를 내드리고 바닥에 이불을 깔고 잠들었다. 다음 날, 익숙하면서도 낯선 소리에 잠에서 깼지만 눈을 뜨지는 않았다. 대구에 있는 동생에게 가 봐야 한다더니 엄마는 벌써 일어났나 보다. 잠결에 듣는 도마 소리는 아이가 된 기분이 들게 한다. 학생 때는 꼭 아침 알람 소리 같아서 싫었는데, 이렇게 기분 좋아지는 소리였을 줄이야. 잠이 덜 깬 채 식탁에 앉아 내 것이 아닌 수저를 놓는 일이 얼마 만일까.

빈 빨래통과 가득 찬 냉장고, 그리고 차려 먹지 않던 아침상.
사랑에도 모양이 있다면 꼭 이런 모양이지 않을까.

따뜻한 국물을 들이켜니 비어 있던 속 곳곳이 차는 듯하다. 사랑은 짐을 덜어 주고 빈 곳을 채워 주고 싶은 마음이 들게 한다. 사랑하는 사람이 생기면 요리를 만들어 주고 싶다는 생각을 자주 했었는데 엄마에게 배운 거였나 보다. 고향에 못 내려간 지 오래됐다. 내려가면 같이 장을 보러 가자 하고 싶다.

나의 마음에게

잠에서 깬 눈을 떴는데 내 옆에서 늘어져 있는 너를 보고 나도 모르게 웃음이 났어. 아마 어제 그런 생각을 해서인가 봐. 손만 닿으면 가르랑대는 네 소리를 듣고 있으면 마음이 참 편해진다고. 이제 내 일상에 이 소리가 없으면 참 허전할 것 같다고. 아니 많이 슬플 거라고.

미안한 이야기이지만 처음엔 네가 아니었어. 유기된 다른 고양이를 데리러 갔다가 옆의 작은 칸에서 울고 있는 너를 본 거야. 이제 갓 3개월이 됐는데 벌써 파양을 한 번 당했다더라. 원래 키우던 동물과 합사가 안 된다는 이유로. 너는 어떤 마음으로 다시 그 안에 갇혔을까. 외로웠을까, 슬펐을까. 아직 어려서 아무것도 몰랐을까.

책임 분양서에 내 이름을 적고, 하얀 종이 박스를 안고 택시를 탔던 날을 기억해. 네가 잘 적응할까, 어떤 이름을 지어 줄까 이런 고민을 했어. 그리고 '마음'이란 이름으로 정했어. 너는 마음에 들었을까? 건강하고 예쁘게 자랐으면 하는 게 꼭 내 마음 같았거든. 왜인지 너를 위해서 내 마음도 건강하려 노력할 것 같고 말이야. 혼자서 '마음이 예쁜 마음'이라며 속으로 말장난을 하곤 실없이 웃기도 했어.

처음에는 다행이라 생각했고, 그다음에는 기특하다는 생각을 했고, 마지막으로는 참 고마웠어. 첫날인데도 네가 날 싫어하지 않아서, 내 손길을 좋아해 줘서. 상처받았을 수도 있는 마음이지만, 그렇게 잘 뛰어놀고 편안한 자세로 잠들어 줘서.

접종 받으러 간 병원에서 네 몸무게가 1.5킬로래. 하루가 다르게 무거워진다 싶었는데, 어느덧 너와 함께 시간을 보낸 지 한 달이 다 되어 가네. 나에게 너는 어떤 존재로 자리매김해 있을까. 너도 나를 가족이라 생각할까. 대부분의 시간을 집에서 보내는 나는 지난 한 달을 돌아보면 너와 제일 오래 함께 있었어. 그동안 많이 외롭고 쓸쓸했나 봐. 집 안에 나 말고도 움직이는 무언가가 있다는 사실만으로 얼마나 큰 위안을 받았는지.

이제는 네가 없으면 안 될 것 같다.

있잖아. 너를 데리고 오고 나서 안 사실인데 스코티시 폴드란 종은 유전병이 일어날 확률이 높대. 어제 의사 선생님도 그런 말을 했어. 관절이 녹아내리는 병인데, 너도 많이 힘들겠지만 나도 많이 힘들 거라고. 알고는 있었지만 다시금 귀로 직접 들은 그 말이 왜 그리 섬뜩하던지. 네가 영영 아프지 않았으면 좋겠다. 샤워를 하고 나온 내 정강이를 핥아 주는 네가 오래 곁에 있었으면 해.

식탁에 앉아 글을 쓰고 있으면 노트북 뒤에서 기웃거리며 장난을 치는 네가, 화장실에 들어가 내가 보이지 않으면 문 앞에서 야옹야옹 소리를 내는 네가, 대답도 잘 안 해 주면서 자려고 누우면 침대로 따라오는 네가, 이 글을 쓰는 지금도 네가 내 옆에 있다는 사실이 고맙고 행복하다.

내가 많이 사랑해. 마음아.

손가락으로 그린
사랑

처음 '사랑'을 들은 건 언제일까. 기억을 암만 찍어 눌러도 묻어나지 않는 시절에 어머니와 아버지가 말하던 사랑이 처음이었겠지 아마도.

어릴 적엔 사랑표를 참 많이도 그렸다. 사랑이 뭔지도 모르면서 국어책에 필기하던 연필로, 도화지 위에 빨간 크레파스로 삐뚤빼뚤. 목과 허리가 없는 남자와 여자 사이에 새빨간 사랑표를 부지런히도 그려 넣었다. 남자와 여자는 내 부모가 되기도 하고, 이름 모를 당신과 내가 되기도 했다. 조그만 나도 당신을 만날 생각에 가슴 떨며 설레했을까.

사랑표는 그리기 어려운 도형 축에 속했다. 힘도 없는 조막만한 손을 구겨 쥐며 그렸던 기억이 난다. 동그라미, 세모, 네모. 다음엔 별표 그리고 사랑표.

사랑표를 잘 그리던 아이는 반 아이들의 부러움을 사기도 했다. 나도 또래 아이들 중에는 손재주가 좋은 편에 속해서 어떻게 그렇게 잘 그리냐며, 책상을 둘러싼 아이들 사이에서 사랑표를 그릴 때도 있었다. 잘 그리지도 못하는 사랑을 스케치북이 가득 찰 때까지 그려 넣고는 했는데.

　앉은자리 건너편 창에 그려진 사랑표를 본다. 김이 서린 창에 누군가 그렸겠지. 묻어 있던 먼지가 손가락을 따라 밀려난 채 굳어 아직 사랑이 남았다. 저 사랑표는 언제 그려졌을까. 혼자 와서 그렸을까, 함께일 때 그렸을까. 이 가게는 청소를 잘 하지 않는 편일까. 뭉툭한 사랑표가 꿋꿋하게도 남았다.
　내가 그린 마지막 사랑표가 잘 기억나지 않는다. 그때보다는 사랑 닮은 것을 몇 번 한 것 같기는 한데. 아니, 정말 그 사랑표 닮은 사랑도 몇 번은 했는데. 사랑표를 그리는 횟수는 더 줄었다. 일기장에도, 가지런히 생각을 정리하는 메모장에도 그 흔한 사랑표 하나가 없다. 사랑표를 그리는 법도 달라졌다. 팔과 어깨를 써서 큼직하게 그리던 사랑을 이젠 손목도 움직이지 않고 손가락만으로 그린다. 대각선으로 짧은 줄 두 번 그은 것도 사랑표라고 하게 됐다.

내 지난 사랑은 어디에 머물고 있을까.

시절이 묻은 낙서가 빼곡한 술집의 벽을 보면 부럽다는 생각
이 든다. 스케치북에 그리던 남자와 여자 대신, 두 이름 사이를
나란히 이어 주는 사랑표. 나는 혼자서 탄 버스 창가에 그린 사
랑표도 부끄러워 냉큼 지우는 사람이어서 그런 게 부럽다. 지워
지지 않을지도 모르는 낙서를 두고 둘은 어디로 떠났을까. 여전
히 함께일까.

먼지와 함께 말라붙은 창의 사랑표를 보며 생각한다. 내가 기
억하고 있는 거리 혹은 당신이 기억하고 있는 공간. 우리 추억
의 액자 밖, 누구도 기억하지 못하는 곳에 머물고 있는 우리도
있지 않을까. 언젠가 들렀던 찻집의 해진 방명록에. 주변이 시
끄러워 서로에게 귀와 입을 가져다 대던 막걸릿집의 벽에. 그리
고 매일같이 타던 버스나 지하철의 어느 창에. 그곳에서는 누구
의 미움도 받지 않고 그리움도, 미련도 없이 그저 사랑으로 남
을 수 있을까.

행여라도 우리 사랑의 조각이 떨어져 나가 어딘가 묻혀 있다
면, 나도 당신도 기억하지 못하는 그곳에서는 사랑으로만 남아
있으면 좋겠다. 이제는 함부로 그리지 못하는 사랑이기에 더욱
이 그랬으면 좋겠다.

기억하지 못해도 좋으니 미움도 증오도 미련도 그리움도 없이, 사랑으로만.

술과 아빠

밖이 소란스러워 방문을 열고 나왔더니 아빠가 울고 있다. 늦게 들어온다고 한 날이었나. 탈진한 마라톤 선수처럼 바닥에 엎드린 그는 난생처음 듣는 소리를 냈다. 어른의 목청으로 내는 아기의 울음소리. 문밖으로 나왔지만, 다리가 저려 다가가지는 못했다. 얼른 방으로 들어가라는 엄마의 말에도 움직이지 못하고 고개만 끄덕. 모두가 잠든 새벽에 짐승처럼 우는 아빠를 멀리서 쳐다보기만 했다. 게워 낸 토사물에 얼굴을 비비며 눈물을 쏟는 모습은 낯설었고, 조금 무서웠다.

열대여섯 살 때쯤의 기억인가. 애석하게도 술과 아버지에 관한 기억으로는 이게 가장 강렬하다. 아빠는 가부장적인 사람이었다. 무뚝뚝하고 자주 피곤했으며, 아는 것이 많고 흐트러짐이 없었다. 집 오는 길에 만난 아이에게 웃으며 몇 살이냐 묻다가도, 집에 돌아와선 안방에서 잠만 잤다. 어머니가 밥을 내어 오고 아들들이 수저와 반찬을 놓을 때도 가만히 티비만 봤다. 아빠는 그런 사람이었다.

"느그 아빠는 어릴 때부터 으수로 똑똑했다. 공부도 열심히 하고."

부모님이 맞벌이했기 때문에 방학이면 저녁까지 할머니 집에 있었다. 마당의 작은 곤충을 쫓으며 할머니에게 딱지가 앉도록 듣던 말. 아빠는 다 자라서도, 자식들이 거실에서 티비를 보고 있을 때도 방에서 무언가를 열심히 썼다. 두꺼운 책을 펴고 앉은 뒷모습은 참 멀었던 것 같다. 아이는 방에 들어가서도 입은 떼지 못하고 곁눈질만. 그에게 아이들을 뒤로하고 백지를 메우게 하던 건 무엇이었을까.

언제부턴가 아빠는 밥을 먹을 때도 술을 마셨다. 하얀 머그컵에는 대개 소주나 막걸리가 담겼다. 옆에서 엄마가 질색하는데도 한잔은 약술이라며, 우리가 식사 준비를 할 동안 아빠는 컵을 꺼내 술을 따랐다. 마주 앉으면 이야기를 나누기보다 가르침을 듣는 일이 대부분이었다. 혹은 통보나 명령조의 말들. 식탁에 앉아서도 아빠는 항상 내게 무언가를 알려 줬다. "네"로 밖에 답할 수 없는 토막들. 분명 내게도 하고 싶은 이야기가 있던 것 같은데. 물어봐 줄 수도 있었을 텐데.

아빠는 내게 그런 사람이었다.
대단하고 감사하지만 닮고 싶지는 않은.

이십 대 초반, 친구들과 가족 얘기를 하던 중 친한 형이 물었다.
너는 아버지 얘기는 안 하는 것 같다고, 하는 걸 본 적이 없다고.
원래 내 이야기 잘 못하는 거 알잖아, 얼버무리려다 입이 굳었다.
아는 게 없어서. 생년월일과 출퇴근하는 회사. 그리고, 그리고….
그게 왜 그렇게 슬펐을까. 아빠는 뭘 좋아하고, 뭘 싫어해?

술, 그래 술. 식탁에서 술을 따르던 아버지를 보고 인상을 찌
푸리던 아이가 이제 술을 마신다. 닮고 싶지 않다고 몸서리치던
아들놈이 이제 술 없이는 못 산단다.

가득 힘주고 살던 몸이 차츰 풀어질 때, 나를 조금 내려놓게 된
다. 그리고 그 상태가 만들어 주는 마법 같은 상황이 좋다. 맞은
편의 상대가 나와 같은 상태라면 이야기하느라 밤을 새울 수도
있다. 눈을 보며 잔을 부딪힌다. 풀어지는 눈이 마음을 닮았다.
술을 마시고서만 할 수 있는 이야기가 있다.

아빠는 왜 그렇게 술을 마셨을까. 이제는 내가 먼저 묻고 싶
다. 그래도 자식이라고, 아들놈은 아버지가 신문에서 봤다며 컴

퓨터 게임 이름을 물어보던 순간을 품고 살았으니. 엄마가 없던 날 끓여 준 김치죽을 잊은 적이 없으니. 멸치도 건져 내지 않은 김치죽이 어찌 그리 맛있던지.

　언젠가 본 앨범 속 사진에서는 아빠가 나를 어깨에 가뿐히 올리고 꽃처럼 웃고 있었다. 내가 무겁지 않았던 때의 사진. 그러고 보면 나 어릴 적엔 작은 차를 타고 이곳저곳 여행도 많이 갔는데. 식탁에 술잔이 올라오게 된 건 떠날 여유가 없어진 때쯤부터였을까. 저 때의 나는 참 가벼웠겠구나. 나는 이제 저 시절을 기억하지 못하는데. 그가 더는 삶을 무게로 느끼지 않는다면 다시 저 웃음을 볼 수 있을까.

　엎드려 울던 아버지의 모습이 사라지지 않는 건, 내가 기억하는 그의 가장 솔직했던 모습이어서가 아닐까. 내게 함께 술을 마시고 싶은 사람이란 이야기를 나누고 싶은 사람과 같은 말이다. 내가 그에게 어떤 무게도 되지 않는 날이 오면 술잔을 들고 찾아가고 싶다. 술상을 놓고 앉아 나란히 동물처럼 울고 싶다.

Love is all

1

어떻게 생각해요? 어제는 친구와 이야기를 나누다 그런 말을 들었어요. 사랑이 전부가 되어서는 안 된다고. 왜 그럴까요. 사는 데는 사랑 말고도 신경 써야 하는 것이 많기 때문에? 그런데, 삶에 사랑보다도 더 발칙한 이벤트가 있을까요? 세상에 중심 하나가 더 생기는 일이잖아요. 원이 타원이 되어 지나치던 것까지 신경 쓰게 하고, 세상의 몰랐던 것을 바라보게 해 주니까요. 그렇게 다시 원이 될 때까지 둘 사이에 새로운 중심을 만들어 가는 일이니까요.

시답잖은 내 이야기를 먼저 해야 할 것 같아요. 나는 보통의 날에 어제의 얼굴이 없어요. 주의를 기울이지 않은 것은 당장 하루가 지나도 잘 기억이 나지 않는다는 말이에요. 어제 어디서 뭘 먹었는지도 기억 못할 때가 많지만 건망증과는 조금 달라요.

힘을 빼고 반쯤 뜬 눈으로 담기에는 세상에 너무 많은 것이 지나가는지도 모르죠.

내가 가진 여러 감각기관을 통해 나에게 닿는 것을 더 넓게 받아들여야 할지, 더 깊게 받아들여야 할지 고민해 본 적 있어요? 의식하며 머릿속에 담는 건 한계가 있으니까요.

있잖아요. 눈을 한 번 깜빡하거나 손목을 잠깐 비트는 것에도 내가 무얼 잘못하지는 않았을까 생각하던 아이가 있었어요. 삶에 초점이 없는 사람. 두 팔을 포갠 채 닳은 나무 책상 모서리에 시선을 두고도 옆 분단 아이의 실내화 끝이 보이던 사람. 탁, 탁, 탁, 탁. 손톱으로 책상을 두들기면서도 복도 밖의 대화 소리가 들리던 사람. 등 돌린 말소리에 자기 이름이 섞여 있을까 조바심 내던 사람.

그렇게 눈, 코, 입, 귀 그리고 온몸으로 느끼는 모든 감각이 속에 눌러앉아 나가지 않던 때가 있었어요. 나에게 닿는 광경이나 촉감, 냄새 같은 것은 머리에서 생각이 되잖아요. 그것을 오래 품고 있으면 마음에 색을 띠고 고이게 된다고 생각해요. 추억 같은 거 있잖아요. 색에 따라서는 트라우마나 강박증 같은 게 되기도 하겠네요.

팔뚝의 솜털 하나에도 신경을 곤두세우던 아이는 그게 생각이 되고 마음에 어떤 색으로 고일 때까지 아무것도 내보내지 못했어요. 온종일 책상에 엎드려 있거나 손톱을 뜯지 않아도 되는데도.

　자라며 나를 꺼내 보기도 해요. 나중엔 겁도 없이 속에 검게 고여 있는 것을 떼어 내던져 보기도 하고요. 마음에 빈 공간이 조금씩 생겼지만, 어느덧 나는 그렇게 자라 있네요. 주변의 작은 숨소리까지 느끼며 살아가는 사람으로요. 달라진 점이 있다면 어느 정도 능동적으로 받아들일 수 있게 됐다는 걸까요. 초점이 생겼다는 거예요. 세상이 끝났으면 했던 사람이 내일을 기다려 보기도 하고, 무언가에 관심을 가져 보기도 하면서요.

　신기한 건 초점 밖의 것에는 나조차 놀라울 정도로 무신경해졌다는 거예요. 아마 무수한 생각이 나가지 못하고 쌓여 있던 때를 기억하는 게 아닐까 싶어요. 흥미로운 게 없던 날에는 당장 다음 날에 온 하루를 통째로 잃어버리기도 하지만, 어쩌겠어요. 그래도 나는 그럭저럭 만족하며 살아요. 관심 있는 게 생기면 그걸 아주 작은 부분까지 뜯어보는 것만으로도 할당량의 생각이 가득 차거든요.

　예외는 없어요. 내 눈앞에 지나가는 일상의 광경이나 사물뿐만 아니라 주변에서 일어나는 사건이나 내게 닥쳐오는 일들마저도. 주변의 모든 사람에게도 해당하는 말이에요. 하루 이틀

만에 얼굴과 이름을 외우게 되는 사람도 있지만 아직도 모르는 사람이 있어요.

　이쯤에서 고백하자면 나는 사실 대단히 소중하다고 생각하는 사람이 없어요. 막역한 사이? 죽고 못 사는 친구 그런 거요. 이 사람 없으면 안 된다 하는 친구 있어요? 있다면 그건 부럽다. 나는 눈물이 날 만큼 힘들 때 생각나는 사람도 없고요. 혼자서 앓으며 아플 때 생각나는 사람도 없어요. 이건 좀 슬픈 일이네요. 힘들거나 아플 때 내 생각이 나는 사람도 없을 거라는 이야기이니까요.

　나는 누구 앞에서나 웃을 수 있지만, 누구 앞에서도 울지 않아요. 딱 이만큼의 거리를 가지고 살아요.

마음에 고인 시꺼먼 보따리를 기껏 다 꺼내 놨더니, 그게 워낙에 진한 먹이었나 봐요. 마음 바닥에 아직 거뭇거뭇 자국이 남았네요.

몇 년을 가장 친하다고 생각한 아이들이 하루아침에 모르는 사람이 되기도 하고요. 복도에서는 모르는 아이의 발에 걸려 넘어지기도 하고요. 그 이후로는 병적으로 누군가에게 미움받는 걸 싫어하게 됐어요. 내가 잘 모르는 누군가라도 나를 미워한다고 생각하면 슬퍼지기도 해요. 미워하는 것도 수고스러운 일이잖아요. 싫어한다는 마음으로 가슴 한쪽에 자리를 내어 그 사람의 공간을 만드는 것이니까. 좋아하지 않는 것과 달리 미워하는 건 내가 뭘 잘못했을까 생각하게 하니까.

미움받는 게 어떤 기분인지 아는 사람은 누군가를 쉽게 미워할 수 없어요. 그래서 사람 가까이에 살기 힘든 걸지도요. 미워하거나 미움받을 만한 거리를 내어 주지 않고, 기대나 상처 따위를 주고받고 싶지 않아 모든 사람에게서 멀찍이 떨어져 지내요. 언젠가는 내 마음의 바닥에도 사람이 발을 디딜 만한 곳이 많아질 수도 있겠지만 아직은 아닌가 봐요.

지금까지의 긴 이야기가 없어도 단 한 걸음으로 마음에 닿는 게 사랑이었어요. 친하다는 말이 이런 걸까 처음 생각한 게 사랑이었거든요. 난데없이 나타나선 허락도 없이 내 옆자리에 앉아 있는 사람. 긴장을 늦추고 몸을 기댈 수 있는 사람. 구태여 웃지 않아도, 억지로 울음을 참지 않아도 되는 사람. 가장 친한 친구. 소중한 사람.

그걸로 충분하다고 느꼈을까요. 초점 없는 삶에 들어와 초점이 되어 준다는 것. 흐린 시야에 뚜렷한 형체가 생기고 세상이 맑아지는 기분.

이제야 비로소 더 넓게, 더 많이 담으려 노력하지 않아도 되겠다고 생각해요. 당장 내 앞의 사람이 좋아하는 것과 싫어하는 것부터 사소한 습관이나 버릇까지. 모르고 살아온 당신을 하나씩 알아 가는 데만도 머리가 가득 차고 시간이 부족하거든요. 내 마음에 여러 색의 기억이 고일 수 있을 것 같거든요.

어때요. 꼭 사랑 예찬론자 같아서 별로인가요? 인터넷에서 사용하는 이름인 'liwwah'는 'love is why we are here(사랑은 우리가 존재하는 이유다)'의 줄임말이에요. 어려 보인다는 사람도 있어요. 에이, 뭣하러 삶을 일부러 퍼석하게 살아요. 세상을 어린아이처럼 바라보고, 살며, 사랑하자는 게 내 좌우명이에요. 좌우명은 좀 거창해 보이니까 품고 사는 말 정도로 할까요?

내게 사랑은 마지막 보루 같은 거라서요. 사랑 없는 삶은 대단히 살고 싶은 생각이 들지는 않아요.
사랑이 전부가 아닐 수는 있지만, 사랑이라면 전부가 되어도 괜찮지 않을까요.

내게 사랑은 아직막 보투 같은 거내서요.
사랑 없는 삶은 대단히 싫고 싫은 생각이 들지는 않아요.
사랑이 전부가 아닐 수는 있지만,
사랑이라면 전부가 되어도 괜찮지 않을까요.

어여쁜 당신과
고맙고 미안한 이름

　가까이 지내는 형의 어머니가 돌아가셔서 수원에 왔다. 지난 주 병문안을 왔을 때 계시던 건물의 바로 옆 건물. 어쩔 줄 모르던 내게 손 흔들어 인사해 주시던 어머니. 며칠 동안 의식이 없으셨다고 했다. "너희가 오는 걸 알고 인사하시려고 눈 뜨셨나 보다. 다음번에는 다 같이 밖에서 보자. 맛있는 거 먹자." 오늘은 내가 인사를 하러 왔다. 안녕히, 부디 안녕히.

　"집에 엄마가 오셔서 먼저 일어날게."
　"아니야. 우리도 일어나야지."
　고향인 진해에서 엄마가 올라왔다. 잠깐 인사만 한다는 게, 수육 세 접시를 비우고 맥주까지 한 캔 땄다. 밤이 늦어 다들 일어난단다. 슬픈 와중에도 당장 오늘 돌아가야 할 시간을 계산할 수밖에 없다. 돌아가는 데 두 시간 정도 걸리니 앉아 있을 수 있는 시간은 다들 이쯤이 마지노선인 거다.

한 시간이 넘게 걸리는 서울 가는 버스를 탔다가, 성산동의 집까지는 지하철을 두 번 더 타야 한다. 벌써부터 멀다. 고향인 진해에서는 그 두 배쯤의 시간이 걸린다. 엄마는 내가 수원에 오기도 전에 출발했겠구나. 서울로 올라오면서 어떤 생각을 했을까. 내가 없는 집에서 뭘 하고 있을까. 그리 긴 시간은 아니지만, 잠깐이라도 눈을 붙이기로 했다.

"정현아, 엄마 31일에 서울 올라간다?"

"서울? 서울? 응. 아아, 네."

괜히 미안해져선 황급히 대답하곤 전화를 끊었다. 두 달 전쯤 예약했던 패키지 여행을 새까맣게 잊고 있었다. 전화받은 날로부터 당장 며칠 뒤였다. 그리고 이제 바로 내일. 엄마와 단둘이 베트남에 가기로 했다. 이 나라 밖을 나가는 게 성인이 되고는 처음이다. 여행 때문에 새로 사진도 찍고 여권도 만들었으면서 그걸 까먹다니.

"다녀왔어요."

현관에 놓인 신발이 가지런하다. 오늘 신발 정리를 한 기억이 없는데. 허리를 숙여 벗은 신발도 반듯하게 한다. 손에 쥐고 있던 가방을 내려놓으니 세탁기 소리가 들린다. 버리려고 꺼내 둔 옷가지까지 세탁기에 들어가 덜렁덜렁 돌아가고 있다. 집에 와서 짐을 내려놓자마자 또 청소를 한 모양이다. 여기까지 오는 데 몇 시간이 걸렸으면서 쉬지 않고. 엄마는 왜 우리 집에 오면 청소부터 하는 걸까. 나는 그게 싫다.

"엄마, 청소하지 마. 엄마가 해야 하는 거 아니잖아. 내가 나중에 할게."

"엄마가 청소를 해야 해서 하니. 사랑해서 그런 거지. 원래 사랑하면 그래. 안 해도 되는 것도 해 주고 싶은 거지."

나를 낳은 사람의 말 한마디에 내가 낳았던 문장 하나가 볼품없이 떠올랐다.

'사랑은 나를 더 나은 사람이 되고 싶게 한다.'

종이에 쓰기도, 입 밖으로 내기도 했던. 닳도록 말하던 사랑 그마저도 실은 자기중심적이었구나. '상대를 위해서'라는 부연 설명을 덧붙일 수 있겠지만, 쓰고 뱉은 말의 초점은 '나'였으니. 고백하자면 사랑을 자기 발전의 원동력으로 삼은 적도 있다. 변화가 필요해서 사랑을 바라기도 했다. 사랑을 하는 내 모습이 좋았다.

나에게 어떤 변화가 없어도, 안 해도 되는 것도 해 주고 싶은 그런 거. 나보다 당신을 먼저 생각하는 것.

짧은 생각 끝에 어쩐지 엄마의 그 말이 아주, 아주 조금 슬프게 기억된다.

분명 오늘 온다는 걸 알고 미리 청소를 했는데 엄마 눈에는 그게 아니었나 보다. 매일같이 치워야 하는 사람과 자주 오지 못하는 사람의 차이이거나, 아니면 그 사랑 때문이거나.

"엄마 먼저 눕는다. 짐 어여 챙기고 자자."

"응, 먼저 자요."

오전 열 시 비행기이지만 여덟 시까지는 공항에 도착해 달라고 여행사 측에서 연락이 왔다. 여섯 시에는 일어나야 한다. 지금 자도 여섯 시간을 못 잔다. 캐리어는 무리겠지? 여행용 가방은 한 달 살이를 하려고 샀던 큰 것밖에 없는데. 하나 있는 큰 백팩에다 짐을 싸기로 했다.

여행 짐을 싸는 건 언제나 익숙하지 않다. 가방을 쌀 때마다 다음번에는 완벽하게 쌀 수 있겠다고 생각한다. 또 이렇게 어김없이 머리가 새하얘지지만, 뭘 챙겨야 하지? 까먹은 게 있는 것 같은데. 잠깐 여행 가방을 잘 싸는 사람이 되고 싶었다가, 이것만큼은 영영 서툴러도 좋을 것 같았다.

"엄마 추운데 에어컨 좀 꺼도 되나."

자리에 누워 알람을 맞추는데 옆에서 목소리가 들린다.

"응, 꺼요. 잘 자요, 엄마."

엄마는 말할 때마다 '엄마'를 붙인다. 엄마 서울 간다. 엄마 다 왔다. 엄마 잔다. 엄마 물 좀 줄래. 문득 궁금해진다. 다른 곳에 서의 엄마는 어떤 모습일까. 당신을 엄마라고 부르지 않는 곳에 서의 당신은. 에어컨 소리가 멎자 커튼이 흔들린다. 풀벌레 소 리 위로 잠든 당신의 숨소리가 얹힌다.

먼 길 오느라 피곤했는지 눕기 무섭게 잠이 들었다. 그런데 나 는 잠이 오질 않는다. 커피를 마시지도 않았는데. 등에 땀이 맺 혀 선풍기를 켜고 돌아누웠다.

"엄마 여행 간다고 금요일에 파마도 했다. 잘 됐제?"

결국 한숨도 못 자고 눈만 감고 있다가 엄마를 깨워 나왔다. 버 스를 기다리는데 물어 온다. 나는 어제야 겨우 여행 가방을 챙 겼는데. 엄마는 미용실에 가서 머리를 했구나. 귀에 꽂은 이어 폰 한쪽을 빼서 엄마 귀에 꽂아 줬다.

"응, 예뻐요."

손가락으로 머리칼을 쓸어내리며 웃는 당신이 예쁘다.

어여뻐서 고맙고, 어여뻐서 미안하다.

아름답고
쓸모없기를

"쓸데가 있는 건 아닌데 예쁘잖아요. 몇 개 사서 선물하려고."

스님이 장식장에 진열된 그릇을 보며 말했다. 여행 첫날이었지만, 야시장을 누비는 모습이 한두 번 온 사람 같지 않았다.

코코넛 껍질로 만든 그릇은 속을 자개로 장식해 반짝반짝 빛났다. 바닥이 둥글어 그릇으로 사용할 수 있을지는 의문이었다. 신문지에 싼 코코넛 껍질 다섯 개를 보물처럼 소중하게 봉지에 담았다.

베트남 패키지 여행의 일행인 스님은 충주의 연수암이라는 작은 암자에서 왔다고 했다. 품이 큰 승려복에 검은색 스포츠 샌들, 짧은 머리와 작은 헤드셋이 잘 어울렸다. 종종 혼자 여행을 다닌다는 스님은, 모자가 함께하는 모습이 좋아 보인다고 했다.

둘째 날부터는 본격적인 '관광'의 시작이었다. 버스 창밖에 낯선 풍경이 많다. 패키지 일정을 소화하려면 어미 새를 따르는 새끼처럼 부지런히 가이드를 따라다녀야 했다. 고개를 들면 나는 매번 뒤에서 걷고 있었다. 걸음이 빠른 편도 아니었거니와 베트남 주석이 살던 집보다 당장 옆의 꽃과 나무가 더 궁금했다. 근처를 둘러보면 매번 멀지 않은 곳에 스님이 있었다. 모르는 꽃이 있으면 스님이 이름을 알려 주곤 했다.

"이건 루엘리아 브리토니아. 멕시코 원산지인 꽃이에요. 이 근처에서 많이 보일 거예요."

옅은 보라색이 예뻐 물었더니, 이름을 기억하는 것도 힘들다.

"스님은 꽃 이름을 어떻게 그리 잘 아세요?"

"꽃을 좋아해서 그러지요. 그리고 요즘엔 인터넷이 잘돼 있어서 검색하면 금방 나와요."

스님에게 꽃 검색이라는 걸 배웠다. "검색창에서 카메라 모양을 누르고 사진을 찍어 봐요. 그럼 꽃을 찾아 줘요." 매일같이 들어가는 포털 사이트인데 여태 몰랐다. 사진으로 검색하는 기능이 있었구나. 알려 주지 않았다면 아마 영영 몰랐을 거다. 길에서 만난 꽃 이름을 몰라 속상한 적이 많았는데 이렇게 쉽게 알 수 있었다니.

"나는 참 아름답고 무용한 것이 좋아요."

스님이 소녀처럼 웃으며 말했다. 이번에는 손에 커다란 조개 껍질을 하나 들고 있다. 전날 야시장에서 보고 예쁘다 생각한 건데 어딜 가나 팔고 있었나 보다. 예쁘긴 한데 마땅히 쓸데도 없고, 반지 같은 걸 담아 둘까 하다가 둘 곳도 마땅치 않아 그냥 지나쳤는데. 스님이 지나가며 뱉은 그 한마디가 마음에 남아 또 얼마간 걸음이 느려졌다. 아름답고 쓸모없는 것. 좋아하는 데 쓸모가 있고 없고는 상관없는 거였는데.

꽃과 조개껍질, 어쩌면 코코넛 그릇도 쓸모가 없는 것이다. 쓸모가 없어도, 두고 바라보는 것만으로 충분한. 오래도 쓸모를 따지며 살아왔다. 정작 내가 사랑한 것은 쓸모를 생각하지 않았으면서. 나는 그 쓸모를 위해 부단히도 애쓰며 살았구나.

길바닥에서 하얗고 예쁜 돌을 주워 가방 속 포장된 화병의 옆 자리에 놓았다.

한국에 돌아와서는 제목 때문에 마음에 담아 둔 시집 한 권을 샀다. 《아름답고 쓸모없기를》. 그 자리에서 책을 펼쳐 제목이 된 시를 찾아 읽었다. 시인이 겨울, 울진에서 주워 온 돌로 쓰게 된 시였다. 가방에서 수첩을 꺼내 마지막 문장을 따라 적었다.

돌의 쓰임을 두고 머리를 맞대던 순간이

그러고 보면 사랑이었다.

신문지로 포장된 코코넛 그릇이 떠올랐다. 쓸모가 없어도 곁에 남을 수 있는 무엇. 사랑은 그 무엇에 없던 쓰임을 만들어 주기도 한다. 집에 돌아와서는 그 무엇이 되고 싶다는 생각으로 가방에 가져온 돌멩이의 흙을 씻었다. 동그랗고 하얀 돌처럼, 누군가에게는 쓰임 없이도 아름다울 수 있기를 바랐다.

대화

우리 사이에 대화가 늘었다.

"잘 쌌어?"

"야옹."

"아유 그랬어."

"야옹."

"밥 먹을래?"

"야옹."

보통은 내가 묻고 네가 답한다. 몇 달간은 문제가 있나 싶을 정도로 말이 없더니 이제 입이 트였다. 덕분에 나도 말이 늘었다. 대답을 해 주니 물을 맛이 난다. 집에서도 말을 한다. "마음아 어디 있어." 일어나자마자 너를 찾는다.

네 '야옹'에도 분명 다 다른 뜻이 있을 텐데 나는 내가 듣고 싶은 대로만 듣는다. 화장실 다녀온 네게 잘 쌌냐고 물어 돌아오는 야옹이 '시원하다!'가 아니라, '뭘 물어보냐 이놈아!'일지도 모르는데. 네가 어떤 대답을 하던 "아이구 그랬어" 하는 내가 못마땅하지는 않을지.

사람 말과 고양이 말을 모두 할 줄 아는 생명체가 있을까? 그 사람(혹은 고양이)은 우리의 대화를 보고 어떻게 생각할까. 꼭 귀가 잘 들리지 않는 어느 할멈과 할아범을 흉내 낸 콩트처럼 보이진 않을까? 그렇다면 우리도 그만큼 다정해 보일까.

그래도 네가 먼저 말을 건네면 꽤 열심히 대답하는데 너는 알까. 혹시나 네가 실망해서 언제부턴가 말을 걸어 주지 않으면 어쩌나 하고. 네가 내게 와서 이야기할 때는 대개 뭔가 없을 때다. 밥이나 물이 부족하거나, 간식을 먹은 지 오래됐거나, 화장실 치우는 걸 깜빡했거나. 너는 다른 뜻으로 말을 건넸을지 모르지만 그렇게 들리곤 한다. 뭔가를 비워 주거나 채워 주면 이내 다가와서 고릉고릉.

"좋아 마음아?"

"야옹."

문득 방에 종이 인형을 달아 두고 대화하던 어느 시인의 이야기가 생각났다. 오래전 읽은 책에서였다. 시인이 지어 준 그 종이 인형의 이름은 상심이었던가. 성은 평, 이름은 상심. 평상심. 너는 성은 이, 이름은 마음. 이마음. 오래 건강하자고 그랬다. 너도 그리고 나도. 그렇게 불러 보고 싶었다. 마음아, 마음아.

오늘처럼 비 오는 날에는 방 한쪽에 앉아 괜히 말이나 건넨다.

"마음아, 오늘은 어떠니."

그러면 네가 덜 뜬 눈을 하고 쪼르르 다가온다. 야옹, 야옹, 야옹.

화장실도 깨끗하고 털도 잘 빗어 줬다. 간식도 줬고 밥도 물도 많다. 손을 갖다 대고 쓰다듬어도 멈추지 않고 야옹, 야옹, 야옹. 채울 것도 비울 것도 없어 보이는데 부지런히 말을 건넨다. 나는 내가 듣고 싶은 대로 들을 수밖에 없다.

"안아 줄까?"

"야옹."

어리고도 늙어 갈
나의 친구

새로 산 화장실은 20리터짜리 쓰레기통보다도 크다. 자라는 속도를 생각해 처음부터 큰 것으로 샀는데 생각보다 더 빨리 자라는 바람에 새로 샀다. 아침 댓바람부터 앞에 쪼그려 앉아 덩어리를 캐낸다. 촘촘한 간격으로 구멍 뚫린 삽으로 푹, 그리고 흔들흔들. 아무것도 묻지 않은 모래들이 떨어지고 나면 배설물이 남는다. 똥은 모래 위에 싸고 얕게 덮지만, 오줌은 깊은 곳까지 파낸 뒤에 싸기 때문에 삽을 깊숙하게 찔러 넣어야 한다. 모래가 묻은 채 딱딱하게 굳은 똥과 오줌을 치우는 게 하루 일과의 시작이다.

같은 지붕 아래 사는 식구가 생긴 뒤로 학습된 행동이 있다. 크게는 화장실이 더러워지기 전에 똥오줌을 치우는 일부터 매일 잊지 않고 물과 밥을 챙기는 것. 작게는 샤워할 때 화장실 문을 열고 안심시키기. 키보드에 드러누운 널 옮기기. 현관문을 열며 이름 부르기. 자고 일어나서 두리번거리기. 부르면 대답하기. 쓰다듬기. 안아 주기.

원래 집을 자주 비우지 않는 편이지만, 이제는 오래 비울 수도 없게 됐다. 1박 이상 어디론가 떠나기가 어려워졌다. 주고 온 밥이나 물이 부족하지는 않을지. 행여 외로워 울고 있진 않을지. 여러 고양이와 지내본 것은 아니지만 이 아이는 개중에서도 외로움을 많이 타는 편인가 한다.

몇 달간은 잠깐 화장실에 들어가도 나를 찾느라 소리 내어 울었다. 이제는 내가 어디론가 가는 게 아니라는 걸 아는 눈치이지만, 자다 깨서라도 따라와 화장실 문 앞에서 눈을 끔뻑인다. 비밀번호를 누르고 문을 열면 현관에 널린 신발과 함께 배를 깔고 엎드린 네가 있다. 내가 없는 하루 중 네가 문 앞에 있는 시간은 얼마나 될까.

너는 내가 좋으니?

친구가 그랬다. 자기를 "아빠가" "엄마가"라고 호칭하면 함께 지내는 아이도 나를 아빠나 엄마로 인식한다고. 처음에는 몇 번 붙여도 봤다. 아빠가 밥 줄게. 아빠 다녀왔어. 그러다 입천장이 자꾸만 까끌거려서 그만뒀다.

마음아, 밥 줄게. 마음아, 다녀왔어.

키운다는 말은 어울리지가 않지. 사실 네가 나를 키우는 부분도 적지 않아서. 밥을 주고 똥오줌을 치우는 것만이 기르고 키우는 일이 아니라는 걸 덕분에 알게 됐으니까. 우리는 함께 지내는 사이 정도. 그러니 아빠 자식은 아니지. 너, 나. 함께 사는 사이. 공생하는 관계. 그리고 한쪽의 의지로 이루어진. 다행인 건 너도 내가 싫지는 않아 보여서.

사람보다 고양이와 보내는 시간이 길어진 건 딱히 고양이 때문도, 사람 때문도 아니고 집에 있기 좋아하는 나라는 사람의 성질 때문이다. 있던 일상에 사는 공간을 내어 주고 삶을 건네받은 것뿐이다. 내 쪽에서 '내어 줬다'고 감히 단정할 수는 없지만.

아마도 죽을 때까지 모자람이 많은 사람 하나와 삶을 살게 함으로써 내가 할 수 있는 건 읽고 듣고 적는 것. 귀를 더 기울이고 조금이라도 많은 시간을 너와 보내는 것. 스트레스를 느끼지 않는 화장실의 최소 크기와 고양이 피부의 산성도 따위를 알아 가는 것. 전두엽이 덜 발달돼서 공포를 더 느낀다든가 하는 정보를 꾹꾹 눌러쓰는 것.

"네가 기어 다닐 때 나는 뛰어다녔어."

같은 이야기는 언어로 소통하는 같은 종의 생물들끼리나 하는 말이다. 생의 주기가 다른 생물과 함께 살기를 결정하는 일은 시작과 동시에 끝을 함께하기로 약속하는 것이다. 엉덩이를 뒤뚱거리며 걸을 때부터, 다시 걸음걸이가 느려질 때까지 지켜봐야 한다.

너는 네 속도로 삶을 살아가는데 나는 자꾸만 네가 뛰어오는 것 같다. 가슴에 손을 대고 안으며 심장이 조금만 느리게 뛰었으면 하고 빌었던 적이 있다.

책상 배치를 바꾸고 나선 서랍 위의 영양제 상자가 계속 바닥에 떨어졌다. 떨어진 영양제를 정리해서 서랍에 넣는다. 내가 책상에 앉아 있을 동안은 그곳이 네 문 앞이 됐다. 이따금 누구도 누구를 부르지 않을 때가 있다. 눈도 입도 떼지 않고 본다. 네 눈을 보며 가장 많이 하는 생각이 뭔지, 너는 알까.

'너는 무슨 생각을 하며 나를 바라보는 걸까.'

신발을
벗고 싶어지는 곳

　처음이지만 이상하리만큼 마음이 편안해지는 곳이 있다. 구석구석 익숙한 취향이 맞물리고 낯선 마음이 고즈넉해지는 곳. 반짝거리는 곳도 좋지만, 이제는 이렇게 마음이 편해지는 곳이 더좋다.

　그런 사람을 만나고 싶다. 불확실한 호기심에서 오는 떨림 대신 나를 마음 놓이게 해 주는 사람. 아무 걱정 하나 없이 내 마음을 와르르 풀어놓고 싶어지는. 불안에 떨지 않는 사랑을 하고싶다.

닿자마자
닮는 것

푸른색 플란넬 셔츠의 단추를 잠그고 거울 앞에 섰다가 그 위에 얇은 니트를 더 걸쳤습니다. 코트를 입겠지만 바깥을 생각하면 셔츠만으로는 추울 것 같아서요. 그러다 문득 온도에 관해 생각합니다. 옷을 입는 이유 중 하나는 체온을 잃지 않기 위함이잖아요. 온도가 필요한 계절이네요.

코트를 둘러싸듯 몸에 감고 걷습니다. 그러고 보면 침대에서 일어나기가 힘들어졌어요. 곳곳에서 히터를 틀어 공간을 덥히기 시작했고요. 밖을 거닐다 들어서면 굳은 몸이 풀어지고, 그제야 겨울이구나 되뇌곤 해요. 자리에 앉았다가 따뜻하던 공기가 덥게 느껴지면 애써 입었던 옷을 한 꺼풀씩 벗기도 합니다.

커피잔을 앞에 놓고 알맞게 식기를 기다리는 것처럼, 사람은 저마다 '맞춤'의 온도가 있는 걸까요. 다른 온도를 껴안고도 한쪽이 따뜻하다 말하면 다른 한쪽에선 시원하다 이야기할 수 있는 두 사람은 서로에게 맞춤일까요. 달랐던 온도가 닮아 미지근하게 느껴지면 그렇게 잠들어도 좋겠습니다.

　마음이 놓여 편안히 잠들 수 있는 온도. 곁에 두기에, 어쩌면 닿아 있기에 괜찮은 온도. 달랐던 우리가 닮아 익숙해졌다는 건 사랑을 나누기에 좋은 온도가 되었다는 것일지도 모르겠습니다.

달렸던 우리가 함이 약속해졌다는 건
사랑을 나누기에 좋은 곳으가
되었다는 것일지요 오르겠습니다.

낭만에
대하여

.

종종 혼자서 동전 노래방에 간다. 혼자 간다 하면 어김없이 들려오는 질문. "노래 잘하시나 봐요?" 나는 단 1초도 망설이지 않고 대답할 수 있다.

"음치인데요!"

어릴 적 내가 마이크를 잡을 때마다 친구들이 묘하게 조용해졌다. 나는 몰랐지. 그게 나름의 배려였는지. 그런데 어느 날 나와 노래방을 처음 간 친구가 "야, 너 노래 진짜 못한다!" 하기에 그제야 뭔가 이상하다는 걸 깨닫고 내가 부르는 노래를 녹음했었다. 맙소사 내가 음치였다니. 목소리도 생각했던 것과 완전히 달랐고, 음정이고 박자고 하나도 따라가지 못했다.

뭐 그래도 못한다고 좋아하지 말란 법은 없지 않은가. 나는 노래하는 게 좋다. 책을 읽거나 책상 앞에 앉아 뭔가를 할 때는 노래를 듣지만, 노래를 해야만 하는 순간도 있다. 바로 샤워할 때와 스트레스 풀고 싶을 때. 그럴 때면 가끔은 혼자 노래방에 간다. 요즘은 동전 노래방이 잘 되어 있어서 혼자 노래하기도 좋다.

　확실한 근거는 없지만 노래 실력도 유전인 게 분명하다. 아버지와 단둘이 노래방에 간 건 딱 한 번이다. 혼자 서울에 살 때였는데, 아마 출장 때문에 올라오셨던 것 같다. 생전 그런 일이 없었는데 둘이 무슨 이유로 노래방에 갔는지 모르겠다. 그리고 그날 묘하게 조용해지는 나를 보며 깨달았다. 아, 유전이구나.

　　굵은 비 내리는 날
　　그야말로 옛날식 다방에 앉아
　　도라지 위스키 한 잔에다
　　짙은 색소폰 소릴 들어 보렴

　잘 부르고 아니고를 떠나서 나는 그날을 잊을 수 없다. 이제 노래방만 가면 최백호의 '낭만에 대하여'를 열창하던 아빠의 모습이 떠오른다. 그 노래를 그날 처음 들었는데, 나는 그 한 곡이 왜 그렇게 가슴 저렸을까. 아빠의 꽉 쥔 손이 머릿속에서 사라지지 않는 건 왜일까.

　　이제 와 새삼 이 나이에
　　실연의 달콤함이야 있겠냐마는
　　왠지 한 곳이 비어 있는
　　내 가슴이
　　잃어버린 것에 대하여

　이후로는 먼 곳에서도 아버지 생각이 나면 종종 듣고 불렀다. 그리고 이제는 아버지와 별개로도 좋아하는 노래로 손가락에 꼽는다. 낭만에 대한 노래라면서 낭만이라는 단어는 한 번밖에 나오지 않는다. 대신 '잃어버린 것'과 '다시 못 올 것'이라고 말한다.

　이 이야기를 쓰기 전에도 낭만이란 뭘까 생각한 적이 많다. 생각을 정리하거나 단어를 쓸 때 사전에서 찾아보는 버릇이 있다. 그런데도 왜인지 이 단어만큼은 그러고 싶지 않았다. '낭만'만큼은. 그 단어를 떠올리면, 나는 무엇이라 정의하지 못하면서도 속에서는 어렴풋이 나의 낭만을 세고 있다.

　도라지 위스키, 색소폰 소리, 실연의 달콤함. 이런 것은 누군가의 지나간 낭만일지도 모른다. 그렇지만 더는 내 곁에 없다고 해서 낭만을 잃은 걸까. 처음에는 아빠의 목소리가 슬프기만 했지만, 오래 기억으로 남았지만, 지금은 그렇지 않다. 목을 울려 지나간 낭만을 노래한다는 건, 아직 놓지 않았기 때문이다.

낭만이 없는 사람도 있을까. 그보다 정말 나의 낭만은 무엇일까. 확실한 건 나를 살아가게 하는 것 중 하나라는 사실이다.

마이크를 쥐고 첫 곡을 고를 때 고민하지 않게 됐다.

마음의 집

"어디서 내려오셨어요?"

"대구에서 지내다가 요즘은 또 서울에 있네요. 앞으론 어떨지 모르겠어요."

"하하, 떠돌이 같은 분이시네요."

"그러게 말이에요. 역마살이라도 끼었나 봐요."

"거 있잖아요, 나도 젊었을 적엔 그렇게 말이야…"

대화가 길어질 것 같아 창밖으로 고개를 조금 돌렸다. 익숙한 길이다 싶더니 옆으로 졸업한 고등학교의 정문이 지나간다. 같은 재단의 중학교와 붙어 있는 사립고등학교. 모래가 깔린 작은 운동장 하나와 큰 운동장 하나. 지금 저기에도 그날의 우리처럼 밤늦게까지 공 하나로 웃으며 뛰노는 아이들이 있을까. 이내 마음이 울렁.

누구나 가지고 사는 공기가 있다. 이상하게 들릴지도 모르지만, 나에게는 추석날 아침의 공기가 그렇다. 그 나이에는 몰랐는데 성인이 되고 집을 나와 살면서는 그 공기가 자꾸 생각난다. 학교에 가지 않아도 된다는 기쁨도 잠시, 등 떠밀려 화장실로 들어가 눈을 감은 채 샤워를 하고 나면 어느새 나는 아버지의 9인승 승합차 맨 뒷좌석에 누워 있다. 바뀐 잠자리에서 20분 정도를 덜컹거리다 보면 큰집에 도착한다. 그리 먼 거리가 아닌데도 나는 아직도 큰집에 가는 길을 모른다. 매년 그래 왔다는 말이다.

덜 깬 눈을 비비며 차 문을 열고 첫발을 내딛는 순간 코로 드는 공기가 좋다. 노란 은행이 잔뜩 열린 가로수 사이로 불어오는 달라진 계절의 냄새. 몽롱한 걸음으로 검은색 낡은 철문까지 걸어가는 동안만 느낄 수 있는 쌀쌀한 아침 바람. 구태여 안고 살아왔다기보다 마음이 집에서 멀다고 느낄 때 자연스럽게 생각난다.

오랜만에 만나는 사람들과 연달아 있는 빨간 날, 편안한 마음으로 잠들 수 있는 아버지가 운전하는 차, 문득 가을을 느끼게 해 주는 바람, 조개 대신 소고기가 들어간 탕국, 이번 명절엔 용돈을 얼마나 받을까 하는 생각. 이렇게 자잘한 것이 한데 섞여 마음이 돌아갈 곳을 만들어 줬던 걸지도 모르지.

언젠가 나도 나이가 들면, 사람 많은 서울에서 벗어나 조용한 곳에서 살지 않을까.

사람이 그다지 많이 살지 않는 이 한적한 도시는 몇 해가 지나와도 달라진 게 없다. 길 어디에서도 산 능선에 걸친 구름의 그림자를 볼 수 있고, 자전거를 타고 조금만 나가면 바닷바람 냄새를 맡을 수 있다. 언제나처럼 봄에는 온 동네가 벚꽃으로 그득하겠지. 자주 조용하고 조금은 느린 곳.

베란다 창밖으로 동생이 다닌 초등학교가 붉어지려는 걸 보고 거실 식탁에 앉았다. 심지가 나무로 된 양초를 켜고 노트북을 펴 글을 쓰려다, 훅 올라오는 양초의 섬유 향이 마음을 가라앉히는 덕에 주변을 둘러본다. 15층짜리 아파트의 7층 집. 초등학교를 졸업할 무렵 이사 왔으니 이제 10년도 더 지났다. 거실엔 어렸을 적부터 자리를 지키고 있는 동양화와 부엌엔 이사도 오기 전 엄마가 손으로 수놓은 짧은 커튼이 있다. 그리고 좀처럼 뭘 버리지 못하는 엄마의 성격 탓에 책장에 아무렇게나 섞인 채 놓인 낡은 문학책과 그림책들. 그 사이로 두꺼운 앨범이 네 권.

마음이 돌아가는 길을 따라 걷다 보니 여기까지 왔다. 딱딱한 종이로 된 꺼풀을 벗기고 무거운 앨범을 펼치면 쩍 하는 소리가 난다. 오래된 종이와 사진이 섞여 나는 퀴퀴한 냄새가 마음을 몽글하게 만들고 이내 말없이 책장을 넘기게 한다.

팔락, 팔락.

내 또래쯤으로 보이는 커플 한 쌍이 서로를 바라보며 웃고 있다. 그들이 처음 결혼 생활을 시작한 십여 평의 작은 빌라. 행복한 웃음으로 팔에 안아 든 발가벗은 어린아이. 한 품도 다 채우지 못하는 저 아기는 어떤 생각을 하고 있을까. 사진첩을 덮을 때마다 시절이 하나씩 지나간다. 병원놀이를 한답시고 바지를 다 내리고 볼기짝을 훤히 드러낸 사진도 있고, 이제는 이름도 모르는 여자아이와 뽀뽀하는 사진도 있다. 나도 모르는 내 첫 키스의 역사가 이런 곳에 있었다니. 감상에 잠기다 피식 웃는다. 그러다 사진 하나에서 눈길이 떨어지지 않아 얇은 비닐을 벌려 사진을 꺼낸다.

1997년 4월 6일, 만개한 벚나무 아래 선 세 사람. 사진은 안중에도 없다는 듯 손에 쥔 걸 바라보는 네다섯 살 남짓한 아이와 그 아이를 사이에 두고 조막만 한 손을 한 쪽씩 나누어 쥔 채 미소 짓는 남녀. 당신들. 어머니, 아버지. 나의 부모, 나의 집. 멀리도 돌아왔구나 싶어 사진을 가만히 바라보나가 일기장의 한쪽 구석에 끼워 둔다. 오늘은 어쩐지 추억이라는 단어가 달고 무겁게 느껴진다.

나도 언젠가는 누군가에게 마음의 집이 될 수 있을까.
언젠가의 당신에게. 그리고 언젠가의 내 아이에게.

19931231

어릴 땐 생일을 좋아하지 않았다. 12월 31일. 기분 좋아지는 숫자이기는 하지만 내 생일은 언제나 방학 중이었으니까. 초등학교에 다닐 적에는 더더욱 그랬다. 다른 아이들처럼 교실을 돌아다니며 초대장 같은 걸 나눠 준 적도 없다. 몇 번인가는 무리해 생일 파티를 했지만, 이내 가족과 밥 먹는 것으로 만족하게 됐다. 바로 다음 날이 신년인 한 해의 마지막 날에는 가족과 함께 있는 게 보통이었으니까.

어린 마음에 조르고 졸라 가지고 싶던 생일 선물을 받고 저녁엔 생크림 케이크에 초를 불었지만, 매번 행복하면서도 조금은 쓸쓸한 생일이었다. 나도 친구에게 생일 축하 편지나 선물을 받고 싶었지만 가족에게 내색하지는 않았다. 오늘은 내 생일이고, 내일은 새해의 첫 해를 보러 가는 기분 좋은 날이니까.

첫 기억으로부터 스무 번 정도의 생일을 더 겪었다. 스무 살이 되고 나서는 여러 사람과 생일을 함께 보냈다. 타지로 떠나온 나와 신세가 비슷한 친구들과 술잔을 걸치기도 했고, 사랑하는 사람과 함께 태어난 날을 축하하며 해를 떠나보내기도 했다. 왁자지껄한 친구들과 커다란 맥주 통에다 소주니 맥주니 온갖 것을 타서 생일주를 마시기도 했고, 정성스러운 손글씨로 쓰인 사랑하는 사람의 편지를 받기도 했다. 그런데 왜 나는 아직도 생일의 어느 한쪽 구석이 쓸쓸할까.

단지 내가 자라서일 수도 있다. 집에서 멀어져 살며 그동안 보지 못했던 것을 이제야 바라보게 되어서일 수도 있다.

평소보다 훨씬 이른 시각에 잠에서 깨 팥과 미역을 불리고, 내가 좋아하는 잡채를 만드시던 어머니의 모습. 퇴근길에 잊지 않고 과일이 듬뿍 얹어진 생크림 케이크를 사 오시던 아버지의 모습 같은 것들. 이제는 나를 믿고 둥지에서 떠나보낸 나의 부모.

이유를 묻지 않는 따스함과 그 덕에 행복했던 시절이 있었다.

어쩌면 어른이 되어 간다는 건, 내가 태어난 날에 나보다 먼저 나를 세상에 나게 해 준 사람들을 떠올리게 되는 것일까. 주먹만 한 모습으로 태어난 작은 생명을 어르고 달래며 키워 왔을 그들의 고됨을 상상해 보는 것일까. 나는 어떤 자식으로 자라 있을지, 한 번쯤 생각해 보는 것일까. 내 자식 잘 자랐다 생각할 수 있을 만한 사람이 되는 것일까.

어떤 자식이 잘 자란 자식인지는 모르겠지만, 요즘에서야 생일이 되면 뒤늦게 그런 생각을 해 본다. 지금에서라도 이런 생각을 할 수 있어 다행일지도 모른다.

이유가 없었던 그 따스함을 이제는 조금씩 돌려주고 싶다. 사랑한다고 말해 주고 싶다.

무화과 나무가
있는 집

　주변의 누군가가 죽은 일은 처음이었다.

　좀처럼 올 일이 없는 번호로 문자 메시지가 왔다. 아버지다. 보통은 전화를 하시는데. 휴대폰으로 급하게 진해로 내려가는 표를 결제하고 새벽 버스를 탔다. 기사님의 배려로 버스 안에는 어떤 빛도 없었다. 그게 무서워 커튼을 조금 걷었다. 해도 달도 보이지 않지만 밖은 밝았다. 드문드문 지나쳐 가는 차와 도로를 분리하는 낮은 벽. 그 위의 가로등. 바퀴가 굴러갈 수 있게 하는 밝은 빛들. 다시 고개를 돌리면 창마다 처진 커튼과 쌍을 지어 들리는 느린 숨소리.

　아버지는 무화과 나무가 있는 집에서 자랐다. 산 중턱에 걸친, 넓지는 않지만 아늑한, 그의 아버지가 직접 지은 집. 집 위로 큰

도로가 난다고 지금은 없어진 지 오래지만, 그곳에는 나의 어린 시절이 묻어 있었다. 부모님이 맞벌이하시던 탓에 방학이면 초등학생이던 나는 하루를 그곳에서 보냈다. 좀 더 일찍 퇴근하는 엄마가 도착하기 전까지 지직거리는 텔레비전과 시계를 번갈아 보던 기억이 난다.

그 집에는 신기한 게 많았다. 마당의 갈라진 콘크리트 바닥 틈새에 집을 짓고 살아가는 개미나, 콩알만 한 똥을 싸고 또 그걸 깔고 앉는 토끼나, 몸에 구더기를 배고 날지 못해 폴짝폴짝 뛰어다니는 파리 같은. 어떤 사건이 있을 리 없는 산속의 집에서 나는 효자손이나 파리채를 들고 움직이는 것을 찾아 뛰어다녔다. 간밤에 살쾡이가 들어 어느 집 닭을 물어 죽였다거나 하는 소식은 언제나 내 눈을 반짝이게 했다.

개중 움직이지 않는 게 있다면 무화과 나무가 아니었을까. 무화과는 신기한 과일이었다. 그 시절 시장이나 마트에서는 잘 팔지 않아 할머니 집에 갈 때만 볼 수 있었으니까. 가파른 경사에 넙데데한 돌을 얹어 만든 계단을 오르다 보면, 방향을 틀어야 하는 곳에 무화과 나무가 있었다. 돌계단을 오르다 처음으로 고개를 드는 곳.

나무가 크지는 않아 몇 개가 열렸는지 손끝으로 세어 볼 만도 했다. 하나아, 두울, 세엣, 네엣…. 연두색 조약돌 같은 열매가 검

보랏빛 보자기가 되기까지는 몇 주가 걸렸다. 그 앞에 설 때마다 나는 엄마를 올려다보며 "엄마 이제 먹어도 돼요?" "아직 아니에요?" 물었다.

색이 어두워지고 무게가 무거워지면 손에 힘을 주지 않아도 열매가 툭 떨어졌다. 가지에 매달린 열매의 꼭지에서는 하얀 즙이 주룩. 처음엔 과즙인 줄 알고 입을 갖다 댔었는데, 에퉤퉤. 떫은맛이 났다. 다시 맛보고 싶지 않았다. 손에 묻으면 끈적거리는 그 액체를 만지지 않으려 엄지와 중지로 무화과를 간신히 들고 돌계단을 뛰어올라 갔다.

"어이구 우리 손주…."

항상 내 엉덩이나 등을 토닥이며 할머니가 가장 먼저 하는 말이었다. 할머니는 깊게 주름진 흙색 손으로 무화과를 찢은 다음, 껍질을 벗기고 내 입에 넣어 줬다. 나는 희고 붉은 보들보들한 속살을 입에 넣고 작은 알갱이를 혀로 굴리며 씹는 걸 좋아했다.

할아버지는 살갑고 다정한 편은 아니었다. 대신 내가 좁은 마당에서 뛰어놀 때 마루에서 부채질하며 바라보고 계셨다. 명절에 큰절을 하면 용돈을 꺼내 주라며 할머니 무릎을 만졌다. 손주가 오래 찾지 않으면 무화과를 따다 빨간 소쿠리에 담아 두셨다. 그때는 몰랐다.

　엄마와 아빠를 함께 부를 때 엄마, 아빠라고 하는 것과 비슷한 이유로 나는 아버지의 부모가 사는 집을 '할머니 집'이라 불렀다.

　늦은 새벽에 도착한 내가 밖에서 삶은 돼지고기와 함께 소주를 따라 먹을 때만도 아빠는 울지 않았다. 그다음 날에 촌수도 모르는 친척이나 그의 친구들이 와 맞절할 때도 아빠는 울지 않았다. 그게 꼭 아빠 같다는 생각을 했다가, 할아버지 같다는 생각을 했다가. 어린 자식들을 앞에 두고 나는 너희보다 내 부모가 중하다 말했던 언젠가처럼 아빠 같은 아빠가 되지 말아야겠다는 생각도 했다.

　사람들이 모두 돌아가고 나서 할아버지를 만났다. 하얀 옷을 입고 편안한 얼굴로 누워 계셨다. 그 얼굴 옆으로 끝내 엉엉 울음을 터뜨린 그 집 큰아들이 있었다. 할아버지 발치에 서서 울고 있는 사람을 계속 쳐다봤다. 눈물이 나지는 않았지만 입에서 무화과 꼭지 맛이 났다. 다시는 맛보고 싶지 않았다.

웃어 주는 얼굴이면
괜찮은 사람

꽃집에 오는 건 몇 달 만이다. 마지막으로 산 꽃은 나에게 선물하는 꽃이었다. 흰색 라넌큘러스. 의미가 있는 건 아니었고 단지 예뻐서. 그날은 그냥 꽃이 사고 싶었다. 꽃을 받은 지도, 준지도 오래된 듯해 주는 것도 받는 것도 내가 했다. 일기장에 '뿌리에 물이 차는 기분'이라고 적은 날이었다.

그날 갔던 꽃집에 다시 왔다. 인적 드문 골목 모퉁이에 저 혼자 하얀 작은 꽃집이다. 바닥도 벽도 천장도 흰 좁은 공간에 사람 하나만 덩그러니 있다. 일전에 왔을 땐 1주년이라고 작은 종이 화분을 선물 받았는데 나를 기억하지는 못하는 눈치다. 그럴 만도 하지. 꽃집의 주인과 얼굴을 익힐 만큼 꽃을 자주 사는 사람이 얼마나 있을까.

"어디에 쓰실 꽃이에요?"

"선물하려고요. 아마 화병에 꽂아 둘 거예요."

다행히 있다. 이름을 아는 꽃은 몇 없지만, 파란색이었으면 했다. 커튼을 걷고 창문을 열 때, 꽃을 사야겠다고 마음먹었을 때 파란색이 떠올랐다. 하늘이 맑아서였을 수도 있고 단지 내가 좋아하는 색이기 때문일 수도 있다.

"이렇게 이렇게 같이 해도 이쁘고….."

높은 쇼케이스를 열어 꽃을 한 송이씩 맞대 본다. 이름 모를 파란꽃을 손에 쥐고 옆에 크고 작은 꽃을 한 송이씩 덧댄다.

"파란색 꽃은 이름이 뭐예요?"

"용담초예요. 이걸 많이 넣을까요?"

"네. 파란 느낌의 다발이면 좋겠어요."

의미를 담을 생각은 없지만 처음 듣는 이름이라 용담초의 꽃말이 궁금해졌다. 물어보려다 듣고도 검색을 해 보기는 마찬가지일 것 같아 나중에 찾아보기로 했다. "이건 라일락이고요. 이건 왁스플라워, 보라색은 과꽃이에요." 처음 듣는 이름이 많다. 저 꽃에도 모두 꽃말이 있을까. 파란 꽃 주위로 여러 꽃이 모여 다발이 됐다. 종류가 많지 않은 곳이어서 걱정했는데 기대했던 것보다 훨씬 예쁘다.

"그리고 이건 제가 좀 드릴게요. 클레마티스란 꽃을 받아 왔는데, 어차피 다음 주가 되면 팔지 못할 것 같거든요.”

과꽃보다 조금 진한 보라색의 꽃을 다발에 보태며 말한다.

뿌리가 잘린 채 양철통에 물과 함께 담긴 꽃은 팔리지 못하면 버려야 한다. 꽃잎이 일그러지고 줄기가 힘을 잃기 전에 팔려야 한다. 목 없는 사람을 살았다 하지 못하듯, 뿌리 잘린 식물을 살았다 할 수 있을까? 누군가의 기쁨이 되고 의미가 된다 한들 줄기가 잘린 시점에서 꽃에게는 이미 의미가 없겠지.

꽃만큼 안타깝고 쓸모없는 선물을 보지 못했다. 주고받을 때의 모습은 며칠이면 사라진다. 물에 담가 두거나 매달아 두거나, 시들어 가는 모습을 보거나 말라 가는 모습을 보거나. 받은 사람이 할 수 있는 건 그 정도밖에 없다. 그런데도 사람들은 꽃을 산다. 산 것도 죽은 것도 아닌 것을 주고받는다.

종종 그런 생각을 한다. 태초에 인간이 과일을 딴 이유는 배를 채우기 위함이었겠지만, 꽃을 꺾은 이유는 누군가에게 보여 주고 싶었기 때문이지 않을까 하고. 관습처럼 굳어진 여러 상황에서 꽃을 주고받는 행위도 처음에는 본능에서 시작하지 않았을까. 축하해. 네가 좋아서 이걸 가져왔어. 이거라도 보고 마음을 좀 달래. 예쁜 걸 보여 주고 싶은 순간들.

꽃은 오래된 언어 중 하나일지도 모른다. 이후에 꽃보다 자세

내가 없어도
예쁜 걸 보여 주고 싶을 때가 있다.
웃어 주는 얼굴이면
고마운 사람이 있다.

히 표현할 수 있는 언어가 생기고, 이야기나 의미가 스며 꽃말이 된 게 아닐까.

그러니까 꽃은 무언가를 주고 싶다는 순수한 마음이 깃든 선물이다. 얼마나 오래 그 사람의 곁에 남을지도, 내 선물이 어떻게 쓰일지도 아무것도 신경 쓰지 않는. 단지 주고 싶어 꽃가지를 꺾는 마음이다. 받는 사람의 표정이면 모두 되돌려 받는 선물이다.

대가 없이도 예쁜 걸 보여 주고 싶을 때가 있다. 웃어 주는 얼굴이면 고마운 사람이 있다.

어울리지 않는 색

이삿짐을 싸며 두꺼운 외투 사이에 볼품없이 끼어 있는 옷을 꺼내 봅니다. 먼지를 가득 머금고 납작하게 주름져 있습니다. 이 옷을 자주 입을 때에도 그게 문제였어요. 색도 마음에 들고 몸에 닿는 느낌도 좋지만 주름이 잘 지고 먼지가 잘 묻는다는 게. 어울리지 않는다는 걸 알기 전까지는 자주 입은 옷이에요.

"붉은색은 안 어울리는 것 같아. 얼굴이 칙칙해 보이네."
좋아하는 와인색 골덴 셔츠를 입고 있었어요. 그런가. 잘 어울리지 않았던가. 옷의 감촉과 색이 무척이나 마음에 들었는데. 나에게 걸쳤을 때는 고민해 보지 않은 탓입니다. 그날 당신과 헤어지고 돌아와 옷장 안쪽 손이 닿지 않는 곳에 셔츠를 걸어 뒀어요. 선물할 걸 그랬나요. 그 옷, 당신에게는 잘 어울렸는데.

거울 앞에서 옷을 대볼 때마다 붉은 옷은 내려놓았어요. 기분 탓인지 그때부터 정말 얼굴이 칙칙해 보였거든요. 검은 옷이나 흰옷 말고는 색이 있는 옷은 죄다 파란색이 됐어요. 얼굴이 밝아 보인다고 했었나요? 어울린다며 환한 표정을 지어 준 것 같은데. 잘 기억나지 않지만, 지금의 내 옷장을 보면 그랬던 것 같네요.

그게 어느 정도냐면 셔츠만 해도 다섯 장이 넘어요. 파란색에도 종류가 많아요. 어두운 파란색, 밝은 파란색, 짙은 남색과 좀 더 짙은 남색. 분명히 더 많은 이름이 있겠지만, 내게는 모두 파란 옷이에요.

나중에 알게 된 사실인데, 웜톤이니 쿨톤이니 하며 사람마다 피부에 톤이 있다고 하더라고요. 아는 동생이 이야기해 주더라고요. 나는 어떤 톤이라고. 듣자마자 되물었어요. 그거 혹시 붉은색이 잘 어울리지 않는 톤이냐고요. 그렇대요.

나는 정말 붉은색이 어울리지 않는 사람이었어요.

그 이후로 붉은색과 영영 안녕을 했냐고요? 그럴 리가요. 누구에게 반항이라도 하려는 것처럼 모으기 시작했어요. 이전에는 의미가 없던 것도 괜히 마음에 자리를 만들어 내어 줬어요.

며칠 전엔 휴대용 키보드의 파우치를 붉은 벽돌색으로 샀어요. 자주 찾는 카페의 마음에 드는 부분 중 하나는 빨대가 빨간색인 것이고요. 비밀이지만, 서랍에는 빨간 양말과 속옷도 하나씩 있어요. 울적한 날에 입으면 괜히 기분이 좋아지거든요.

붉은빛을 띠는 걸 보면 입으로 한 번씩 되뇌는 버릇도 생겼어요. 장미, 자두, 천도복숭아, 능소화… 요즘은 여름이라 길에 붉은 것이 많아요. 생기가 흘러 손으로 움켜쥐고 싶은 것들. 해가 길어져서 좋은 점은 하루의 시작이 늦은 나도 노을을 자주 볼 수 있다는 거예요. 노을 지는 하늘은 파랗기도 빨갛기도 하잖아요. 그래서 좋아하나 봐요.

해는 하늘과 매일 헤어지는데도 아쉬워서 발목을 붙잡아요. 어쩔 수 없는 걸 알면서도 기어코 발목을 붉게 만들고야 말아요. 그것마저 어쩔 수 없겠죠.

좋아하지만 어울리지 않는 게 있어요. 하지만 그건 어울리지 않더라도 좋아할 수밖에 없다는 것이기도 해요. 그때는 이해는 하지만 납득하지 못하는 것이 많았어요. 사라졌는데도 비지 않는 자리가 있었습니다. 우리는 말도 안 되는 걸 엮어 놓고 불을 질렀던 거예요. 사람들은 그걸 종종 사랑이라 부르기도 해요. 많이 사랑했었나 봐요.

버려진
우체통

"서울이라서 그런지 우체통도 크다."

부칠 우편이 있다며 우체국에 데려온 형이 말합니다. 김포에서 매일같이 서울로 올라오는 사람 입에서 나온 말이라기에는 좀 이상하지 않나요? 그래도 덕분에 그 빠알간 철제 구조물을 얼마간 바라봅니다. 우편물을 넣는 곳이 두 군데인, 조금 뚱뚱한 모양의 우체통. 우체국 앞에 있는 우체통이라 저렇게 클까요? 아니라면 정말 서울 우체통은 다 이렇게 큼지막할까요.

우리는 우체통을 앞에 두고 우체국으로 들어갔습니다. 요즘에도 우체통으로 우편을 보내는 사람이 많을까요?

나는 우편보다야 소포를 보낼 일이 대부분이라, 글쎄요. 가끔 서류 보낼 일이 있는 날에도 꼭 우체국을 이용합니다. 창구로 가면 눈앞에서 접수되는 과정을 지켜볼 수 있잖아요. 그런데 우체통에 넣으면 언제 도착할지 모를뿐더러, 언제 그 우체통에서 꺼내질지조차 모르는걸요.

겪은 것이 없어 생각보다는 상상이 대부분이었던 시절이 있었습니다. 우체통보다 작았던 아이는 이런 상상을 했던 것 같아요. 우체통 안에는 편지를 먹고 사는 괴물이 있을지도 모른다고. 그게 아니면 바닥에 구멍이 나서 우체국까지 연결됐을지도 모른다고요. 여태까지도 우체통이 열리는 걸 눈으로 본 적은 없으니 정말 그럴지도 모르는 일입니다.

우체통을 이용한 적이 한 번 있어요. 우체통보다는 키가 좀 더 큰 때였으려나요. 더는 괴물이 살 거란 상상은 하지 않았어요. 당장 앞의 우체통보다 그 속의 편지를 궁금해하게 됐습니다. 편지 봉투 끝에 바르는 풀은 단 한 사람만을 위한 것임을 아나요? 우체통 속에 쌓였을, 말끔하게 풀이 발린, 수많은 어느 둘만의 이야기를 상상합니다. 그 무렵 나에게도 아직 풀을 바르지 못한 편지 봉투가 있었어요.

살던 곳 근처의 바다에는 더는 기차가 달리지 않는 철로가 있어요. 그 위로 무엇도 보이지 않을 만큼 풀이 수북하게 자란. 이따금 자전거를 타고 바다에 가면 꼭 그 근처에 앉아 있곤 했습니다. 가는 길에는 그 철로를 닮은 우체통이 하나 있었어요. 횡단보도에서도 버스 정류장에서도 멀었던, 정말 덩그러니 놓인 붉은 우체통. 쌓인 먼지 탓인지 주변의 풍경 탓인지 버려진 것 같기도 했어요.

우체국이 있는 곳을 알면서도 바다 쪽으로 걸었던 날이 있었어요. 보내는 이를 쓰는 자리에 아무것도 쓰지 못했거든요. 우체국에 갔다 왜 이름을 쓰지 않았냐고 묻는다면 아무 대답을 못할 게 분명하니까요. 이름을 쓰지는 못했지만, 중요한 건 나에게서 떠나보내는 것이었나 봐요.

언제 도착할지도, 언제 꺼내질지도 모르는 그런 먼지 쌓인 우체통에 편지 넣을 생각을 하다니요. 오래 건네지 못해 차라리 버리고 싶은 마음이었을까요? 혹시 그 속에 나와 같은 마음인 편지들이 더 있었을까요.

이제 짝사랑이라는 낯간지러운 말은 좀처럼 입에 달라붙지 않게 됐습니다. 마음이란 건네지 않으면 한쪽에만 고여 있기 마련이란 것도 알게 됐고요. 전할 수 있을지는 모르지만, 마음을 눌러 담는 연습도 해 봅니다. 갈 곳도 정해지지 않은 편지지에 내 이름을 먼저 적어 보기도 하고요.

당신에게 가닿아 나를 알 수 있도록. 나를 떠나간 내 마음이 버려지지 않도록.

그런데 정말 그 우체통에도 집배원이 왔을까요?

오래된
비디오테이프

후배에게서 전화가 왔다. 대단히 가깝거나 기꺼운 사이는 아니고, 물을 내용이 있거나 필요한 것이 있을 때 전화나 주고받는 사이다. 서울에서 지낸 후로 만난 일은 없었지만, 나는 용건이 있을 때 찾는 것만으로도 퍽 고마움을 느끼는 사람이어서 아주 가끔의 전화로 나누는 잠깐의 대화도 반갑게 느끼곤 한다.

"형, 정이랑 요즘 연락해?"

정이는 이 녀석이 오랜 애인을 부르는 애칭이다. 정이는 마찬가지로 같은 과 후배여서 나도 잘 안다. 통통 튀는 특유의 분위기가 있고, 주변 사람에게도 잘 대하는 편이어서 불편한 사이는 아니었다. 서울에 올라왔다고 해서 밥 한 끼 사 준 적은 있지만, 그것도 벌써 일 년 전이다.

"아니, 연락 주고받은 지도 오래됐네."

"그래? 아쉽네."

맥락 없는 대답에 뭐가 아쉬우냐고 물으니, 그 물음을 시작으로 녀석의 묵은 고름 같은 하소연이 터져 나온다. 이야기인즉슨, 오랜 연인이던 그 정이와 얼마 전 헤어졌다는 거다. 정이는 취업 활동 끝에 서울에 올라와 지내고 있고, 녀석은 아직 졸업도 못했다. 느끼기에는 만나는 시간이 줄어드는 만큼 연락의 빈도도 줄어들더니 돌연히 이별을 고해 왔다고 한다. 그런데 이 녀석에게는 첫 이별이나 다름없는 헤어짐이라 세상이 뒤집어지도록 내내 슬프기만 해 어쩔 줄을 모르겠단다. 그 모습이 딱했지만 어쩐지 귀엽게 느껴지기도 했다. 안다. 그 생지옥.

그런데 그다음 꺼내는 말이 가관이다. 전화한 이유가 정이가 어떻게 지내는지 궁금해서가 아니라는 것이다. 그리운 지난 연인의 안부가 목적이 아니었다. 지금 만나는 사람이 있는지, 헤어지기 전에 연락하던 놈이 있었는지 이따위 걸 물으려 했다는 거다. 이 미친놈. 욕이 튀어나올 뻔한 걸 간신히 참고 기다렸다. 무슨 말을 하는지나 들어 보자고. 아직까지 정이란 애칭을 입에서 못 뗄 만큼 그 애한테 죽고 못 살던 놈이니까.

"차라리 내 속에서 나쁜 사람으로 만들고 싶나 봐. 미워하면 잊을 수 있을까 해서. 사실 너무 힘들어서 원망이라도 하고 싶어."

이 미련한 놈을 어떻게 하면 좋나. 어떤 기분인지도, 어떤 상황인지도 알겠다. 나도 그랬던 적이 있으니까.

　사고 같은 이별 후 오래도 아파했었다. 주변의 많고 많은 사람 중 하나 없어진 것뿐인데 밥도 잘 삼키지 못했다. 겨우 그것뿐인데 살아가야 할 이유를 새로 찾고는 했다.

　밀린 설거지를 하고 다시 한 숟갈을 뜰 때쯤엔 사랑했던 사람을 미워할 방법을 찾고 있었다. 수화기 너머 이 미련하고도 멍청한 녀석처럼. 그러면 덜 힘들까. 빨리 잊을 수 있을까.

　왜 이유도 한마디 말해 주지 않고 나를 떠났나. 나를 사랑하지 않은 건 아니었다. 처음부터 나만 사랑한 관계였나.

　손을 잡고 있을 때도, 함께 학교를 걸을 때도, 종일 껴안고 있을 때도 가슴 떨리던 사람은 나 혼자였다고. 할 수 있는 거라곤 그 사람을 미워하는 것밖에 없다고 믿었다. 내게는 이놈처럼 아무 데나 전화해 신세 한탄할 용기조차 없었다. 그렇게 미워하는 것에 성공했고, 꽤 오랫동안 그걸 잘한 짓이라 생각했다. 이제 곧, 더는 생각나지 않을 거라고.

　"너는 아끼는 비디오테이프가 있었어? 나는 있었는데."

　이 녀석 커플이 만나던 모습을 봐 와서였나, 사랑하는 사람을 미워하려는 꼴이 한심한 누굴 닮아 보여서였나 쓸데없는 오지

랄을 부렸다.

"갑자기 비디오테이프가 웬 말이야."

"궁금해서. 우리 어렸을 땐 비디오가 많았잖아. 영화도 있었고, 만화도 있었고. 주말에는 비디오방에 가서 빌려 오곤 했는데. 게다가 우리 집 티브이는 비디오 플레이어가 일체형이었어. 생일 선물로 만화영화 비디오 세트를 받은 적도 있고."

"형은 한 번씩 이상한 소리를 한다니까? 당연히 있었지. 핑구 알지, 형. 펭귄들이 나와서 홍홍홍 거리는 만화. 우리 집엔 그게 세트로 있었어. 지금 말하기에는 웃긴데 그 만화 진짜 좋아했어."

"있을 줄 알았다니까. 나는 포켓몬스터 1화부터 10화까지 비디오로 있었어. 뭐가 좋아서인지 1화는 셀 수도 없이 돌려 봤어. 모험가가 되는 첫날 아침에 주인공이 늦잠을 자서 말도 안 듣는 피카츄를 만나게 되는 화. 두께가 냉장고만 한 티브이가 자리를 잃고 쫓겨나기 몇 달 전까지도 말이야."

"그건 나도 보고 싶다. 이젠 기억도 안 나."

"그렇지? 근데 그렇게 돌려 봤는데 나도 기억이 잘 안 나."

"그런데 몇 달 전까지라니?"

"더 보고 싶어도 볼 수가 없게 됐어. 같은 테이프를 수십, 수백 번 돌려 보니 나중엔 테이프가 다 늘어지고 닳았지 뭐야.

나는 네가 단지 정이를 흠잡으려 전화한 게 아니라고 생각해.

많은 사람 중에 네가 나한테 전화했듯, 나도 너를 알아 왔으니까. 정말 이유가 그거 하나였다면 실망했을 거야. 그런데 잊고 싶다고 말했잖아. 사랑했던 사람, 어쩌면 아직도 사랑하고 있는지도 모르지."

"그럴지도. 하지만 '사랑'이라는 말과 '잊는다'는 말은 너무 다르잖아. 무늬가 다른 퍼즐을 함께 들고 있는 기분이야. 그래서 '사랑' 대신 '원망'으로 만들려고 하는 것 같아."

사랑하기 때문에 미워하거나, 사랑을 말하지 못해서 미워하거나.

"너는 잊는 걸 하고 싶은 사람이잖아. 사람이 무언갈 하려면 내 상태가 어떤지 알고 인정하는 게 먼저 아닐까? 사랑은 네 상태일 뿐이야. 헤어짐 뒤에도 사랑이라고 부끄러울 것도 없고, 누가 뭐라 할 수도 없어. 너의 헤어짐 이후에 오는 원망이 사랑이라는 상태의 부정이라고 했잖아. 그럼 사랑하던 사람을 이별만으로 미워하는 건 헤어짐을 부정하고 싶다는 게 아닐까. 사실은 잊고 싶은 마음 자체가 없는 거지."

"왜 내가 잊고 싶은 마음이 없겠어? 이렇게 힘든데. 하지만 헤어짐을 받아들이지 못하는 건 맞아. 아직은 어려워. 아무 데나 있던 사람이 아무 데도 없다는 게."

"당장 잊으려 하지 않아도 돼. 대단한 걸 하라는 게 아니야. 몇 년을 함께 지냈지만 이제 혼자라는 걸 인정하자는 거지. 나는 한 사람을 꽤 오래 미워했거든. 더는 사랑이 아니란 걸 인정하지 못했는데 지나고 나서 후회했어. 나에게도, 내가 사랑했던 사람에게도 예의가 아니었구나 하고. 그 덕에 이렇게 오지랖도 부려 보고."

"아니야. 형이 나를 알고 이야기해 주는 것처럼 나도 형을 알아서 전화한 거잖아. 말해 줘 계속. 인정하고 나서, 그다음엔?"

"슬퍼할 수 있는 만큼 슬퍼해. 내일이 없는 사람처럼 울어도 좋고, 미친 듯이 소리를 질러도 좋고. 충분히 슬퍼했으면 좋겠다. 그러다 테이프가 다 늘어지고 닳을 때까지, 보고 싶어도 볼 수 없을 때까지. 그것도 생각보다 소중한 감정이더라고.

그 만화 테이프, 아직 집에 있어. 티브이에 넣어도 지지직거리는 회색 화면밖에 나오질 않지만, 겉면에 스티커가 붙어 있잖아. 제목도, 몇 화인지도. 그 시절에 난 이걸 보고 그렇게 즐거워했지, 기억할 수 있잖아. 사람을 잊는다는 건 그런 게 아닐까? 사랑했던 이의 이름이나 얼굴 모양 따위를 잊는 게 아니야. 그 사람을 떠올려도 더는 슬프지도, 그립지도, 아무렇지도 않게 되는 거라고 생각해."

전화 너머로 가쁜 숨소리가 섞여 들려와 말을 멈추고 기다렸다. 이것도 처음 보는 모습인데. 나보다도 키가 큰 놈이 전화기를 붙들고 우는 모습이 도무지 상상이 가지 않았다. 다만 녀석이 지금 울 수 있어 다행이라고 생각했다. 그렇게 잠자코 듣다가 전화를 끊었다.

정이로 시작해 비디오테이프로 끝난 대화가 도움이 되었을까. 며칠 뒤 동생에게서 문자가 왔다. 미워하지 않기로 했다고. 다행이다 싶어 답장을 하려다 휴대폰을 내려놓았다. 얘기하지 못한 게 있지만, 말하지 않아도 머지않아서 알게 될 테니까.

지금은 마냥 슬프겠지만 그 테이프, 돌려 보다 보면 마냥 슬프기만 한 비디오는 아닐 거라고. 어쩌면 나중엔 네가 아끼는 비디오가 되어 있을지도 모른다고.

교접

잔인한 말일까. 나는 상처 많은 당신이 좋다. 몸을 가리던 옷을 벗고 움푹 파인 생채기마다 내 상처를 맞대고 싶다. 얼마간 상처가 따끔거려 눈을 질끈 감아야 해도. 그래. 그러다 살이 착각이라도 해서 우리가 맞붙어 버리면 얼마나 황홀할까. 그럴 수 있을까. 그렇게 하나가 되면 다른 걸 맞춰 볼까. 너는 나의 손가락 사이. 나는 너의 입술 주름. 까맣고 하얗고 발갛고 그런 것들. 사실 우리가 가진 색은 채 몇 가지 안 된다는 사실을 알게 해 주는 것들 있잖아. 날이 밝아도 우리는 세상 밖으로 나가지 않고. 어느 곳도 가리지 않고. 벌거벗은 채로 오래오래. 이제 우리는 누구에게도 이해받지 않아도 되는걸.

내가 당신에게
떨어진다면

언제였던가. 포트 와인이 그렇게 맛있다고, 자기는 와인을 마실 때 포트 와인만 마신다고 했던 사람이 기억났다.

요 며칠은 연남동에서 지냈다. 몇 년 만에 만나는 지인과 사진도 찍고, 동료 작가들과 자주 가는 좋아하는 카페에도 들렀다. 그날은 얼굴만 알고 지내다 처음 만나는 작가님과 함께 작업하고 식사했다. 서로의 글을 쓰고, 또 그간의 이야기를 나누면서.

늦은 저녁까지 카페에서 허기가 지도록 글을 쓰다가 따뜻한 국물을 마시며 대화를 나눴다. 그 마무리가 아쉬워 자리를 옮기기로 했다. 아끼는 데라 사람을 잘 데리고 가지 않는다는 공간. 작은 마당을 낀 ㄱ자형 주택을 개조해 만든 곳. 커피나 음식도 팔았지만, 배가 불러 술을 한잔하기로 했다.

테이블 위에 잔이 두 개. 찻잔과 목이 긴 와인잔. 찻잔에는 과일을 작게 썰어 넣고 끓인 따뜻한 와인이 있다. 알코올을 날려 보내 술을 잘하지 못하는 사람이 마시기에 좋다는 설명을 잠깐 들었다. 아무래도 와인잔에 든 포트 와인은 내 취향이 아니었다. 혀 전체를 감싸고 목 끝으로 넘어가는 느낌이 도수에 비해 부드럽기는 했지만, 단맛이 오래 남아 여러 잔을 먹기는 힘들었다.

"사랑은 하는 게 아니라 빠지는 거래요."

글을 쓰며 살아온 이야기나 몇 년간 세계 여행을 했다는 이야기를 나누던 두 사람의 대화 주제가 달라졌다. 술잔을 손에 쥔 것을 시작으로 서로의 남과 여에 관한 이야기를 하게 됐다. 각자 달려온 삶을 이야기하다 마침내 교차점에서 마주친 것이다. 나이 차이는 중요하지 않았다. 술잔과 비스킷이 올려진 테이블을 사이에 둔 두 사람이 있을 뿐이었다. 몇 번의 사랑을 겪은 남자와 여자. 그뿐이었다. 둘 다 1년이 넘게 연애를 했고, 1년 가까이 연애를 하지 못하고 있다는 점도 비슷했다.

"이렇게 오래 연애를 쉰 적은 처음이에요. 나는 외로움을 많이 타는 성격이거든요."

"저도 그래요. 전보단 외로움을 덜 탄다 생각하지만, 이렇게 오래 혼자인 적은 처음이에요.”

사실이었다. 스무 살, 첫사랑을 시작으로 두 달 이상 연애를 쉰 적이 없었다. 근데 혼자인 지 1년이 다 되어 간다니. 확실히 이전까지 외로움이 컸던 것 같다. 한시라도 옆에 누군가 없으면 외로움에 떨었고, 중독이라도 된 것마냥 살냄새를 떼 놓기 싫어했다.

“이상하게 들릴지 모르겠지만, 나는 나를 좋아해 주면 만나 보는 편이었어요. 내가 아주 좋지 않더라도요. 만나다 보면 사랑하게 될 때도 있고요.”

“누구라도 그런 적 있을걸요. 나도 그렇고요. 이상하게 생각하지는 않아요.”

“그래요?”

“첫사랑이던 아이에게 이유도 모르고 이별 통보를 받고 난 후엔 아주 삐뚤어졌어요. 난 좋아하는 것 같은 낌새만 보여도 덜컥 만났는걸요. 그렇게 잘해 주려 했는데도 차이고 나니 어떻게 해야 할지 모르겠는 거예요. 그래서 더 많은 사람을 만나야겠다고 생각했었나 봐요.”

“하하, 그게 정말 사람을 많이 만나 보기 위한 거예요?”

“어릴 땐 그런 적도 있었다고요. 이상하게 생각 안 한다고 말한 거였는데, 이럴 거예요?"

난처한 기색을 보이자 꼭 시소 건너편에 앉은 사람처럼 깔깔 웃었다.

"그래도 나는 그때의 연애가 하나하나 소중해요. 그게 모여서 지금의 가치관이 만들어졌잖아요. 그만큼 신중해지기도 했고."

"신중하다, 신중하다…. 신중한 게 정말 좋은 걸까요?"

"금방 대답하기는 어려운 질문이네요."

"얼마 전엔 잠이 안 와 침대에 가만 누워 있는데 문득 생각나는 사람이 아무도 없는 거예요. 그게 참 슬프더라. 요즘엔 사랑에 관한 글도 통 안 쓰고 있더라고요. 어쩐지 나 자신이나 삶이나 사람 같은 이야기만 자꾸 하고."

나도 꼭 그런 것 같은데. 그리운 사람이 없다는 생각을 하며 지낸 지 오래다. 요즘 쓴 글을 머릿속으로 되짚어 보니 전처럼 간지러운 글이 없다. 신중하다는 것, 글쎄. 요즘엔 누군가에게 좋은 마음이 생기려 해도 그 앞에서 생각하는 게 많아져 주춤거린다. 연애를 거듭할수록 그 가짓수가 많아지는 것 같기도 하다. 좋은 걸까, 신중히디는 건.

"어렵죠. 나도 오래 연애를 못하고 있는 나를 보면서 이런저런 생각을 하게 되더라고요."

"그러네요. 어려워요, 정말."

'빠진다'는 건 속절없음을 포함하는 말이다.
네 의지 없이 우습게 풍덩,
뭍에서 누가 밀어 떨어지기라도 한 듯.
의지도 없이 떨어져 닿는 곳이
아스팔트 바닥처럼 딱딱하고 거칠다면
그건 오 얼마나 아픈 사랑일까.

"얼마 전에 들은 말이 하나 있어요. 그게 마음에 남더라. 사랑은 하는 게 아니라 빠지는 거래요. 그러니까 너무 어렵게 생각하지는 말아요, 우리."

달지 않은 와인을 한잔 더 마시고 집에 돌아왔다. 대화가 많았던 날에는 딸려 오는 생각이 많아 잠들기가 쉽지 않다. 틀린 말은 아니다. 사랑에 빠진다. 한 문장만으로 마음이 젖는 말. 그런데 전처럼 사랑에 빠질 수 있을까.

'빠진다'는 건 속절없음을 포함하는 말이다. 내 의지 없이 무심결에 풍덩, 옆에서 누가 밀어 떨어지기라도 한 듯. 속절없음 다음으로는 떨어져 닿는 대상의 성질도 그 말 안에 있다. 공기나 물처럼 들어가고 나온 굴곡을 채우며 감싸 안을 수 있어야 한다. 의지도 없이 떨어져 닿은 곳이 아스팔트 바닥처럼 딱딱하고 거칠다면 그건 또 얼마나 아픈 사랑일까. 낱말 하나를 만지작거리며 주춤하는 나는 또 어떤 걸 무서워하고 있을까.

눈을 감고, 몸을 감싸는 이불이 부드러워 내일은 나가고 싶지 않다는 생각을 했다.

나는 내내
당신이 애틋합니다

"사람은 왜 멀어져야 애틋함을 느낄까요?"

언젠가 당신이 물었죠. 그 질문이 참 싫어 무슨 말이라도 반박하고 싶었지만, 그 자리에 서서 담배 한 개비를 다 피울 때까지 당신 말에 아무 대답도 할 수가 없었습니다.

오래전, 오른손 새끼손가락에 끼고 다니던 반지를 잃어버린 적이 있습니다. 나뭇잎 모양이 꼬리를 물고 한 바퀴를 빙글 도는 작은 반지였어요. 은도 금도 아닌 주석으로 만들어졌지만 나는 그걸 꽤 애지중지했어요.

길가에서 산 반지 두 개를 어떤 사람과 나눠 낀 것이었거든요. 같은 모양의 크기가 다른 반지. 사이즈를 맞추지도 않았는데 큰 것은 내 왼손 약지에, 작은 것은 그 사람 약지에 꼭 맞았어요. 손도 한 번 잡아 보지 못하고 걷다가 잠깐 손등을 스친 게 다인 두 사람은 고민했습니다. 서로의 약지에 반지를 끼워 주기에는 부끄러움이 많았고, 그 사람은 멀리 떠나야 했거든요. 얼굴도 보지 못하고 목소리도 듣지 못하는 곳으로요. 계절 몇 개를 그곳에서 보내야 했어요.

'둘 손가락에 딱 맞는구만, 몇 천 원짜리 반지로 뭘 그리 고민하냐'고 아주머니께 핀잔도 들었네요. 말없이 어색한 웃음을 주고받다가 각자 손에 든 반지를 주고받습니다. 작은 것은 내 오른손 새끼손가락에, 큰 것은 그 사람 오른손 엄지손가락에 꼭 맞았어요. 사실 조금 헐겁기는 했지만, 그 사람이 돌아오면 바꿔 낄 수도 있다고 생각했습니다. 그래서 아무 말도 하지 않았어요.

그 사람이 떠나고 몇 달을 지냈습니다. 처음에는 목소리를 잊고, 다음에는 그날의 사진으로 겨우 얼굴을 기억했습니다. 없던 습관도 생겼어요. 말을 하거나 술을 마실 때 새끼손가락의 반지를 빙글빙글 돌리게 됐습니다. 혹시 잃어버리지는 않았나 하고요.

몇 번을 잃어버렸다가 찾았습니다. 가게를 마치며 청소하다 잃어버린 그 반지를 찾느라 마지막 열차를 놓친 날도 있었고, 구멍 난 기억을 더듬으며 전날 갔던 술집에 다시 찾아간 적도 있었습니다. 카페의 모든 의자를 들춰내고, 연신 죄송하단 말을 하면서도 결국 그 반지를 찾았어요.

그러다 언제부턴가는 새끼손가락의 반지를 돌리는 이유를 잊었습니다. 지하철을 기다릴 때도, 술잔을 기울이며 누군가와 대화할 때도요.

그런데 어느 날은 집에 돌아와서 더듬어 본 손가락이 허전하더라고요. 검지에도 엄지에도 반지가 있는데, 끼고 나간 것 중 새끼손가락의 반지만 사라진 겁니다. 마지막 기억의 자리에서 일어날 때부터를 되짚어 봅니다. 자리가 없어 내내 서 있던 열차의 빼곡한 칸에서 잃어버린 걸까요. 아니면 지친 몸을 털레털레 휘적이며 걸어오던 언덕길에서 떨어뜨린 걸까요.

이전과 마찬가지로 찾으려고 했다면 분명 찾을 수도 있었겠지만요. 그날은 이상하게 몸이 더 무겁게 느껴졌습니다. 과연 그걸 찾을 수 있을까 스스로 되물어 봅니다. 뜨거운 물에 몸을 씻고 침대에 누워 생각합니다. 내일이면 분명 치이고 치여서 어디론가 흘러갈 거라고. 어쩔 수 없는 일이 될 거라고요.

나는 눈을 감았고, 그렇게 습관 같은 기다림이 끝났습니다.

단절에서 오는 애틋함은 생각보다 위태로운 감정이라는 걸 아시나요.

어쩌면 나는 애틋함은 멀고 가까움에서 오는 것이 아니라, 그 사람을 생각할 수 있는 시간이 늘어남에 따라 느끼는 감정이라 말하고 싶었던 걸까요. 그게 내가 하고 싶은 말이었을까요. 나는 그 질문에 멀어지지 말라고 대답하고 싶던 걸지도 모릅니다.

당신이 멀어지지 않아도, 내내 눈을 맞추고 있어도 나는 애틋함을 느끼겠습니다. 희미해지는 당신을 손끝으로 세어 가며 홀로 기억하고 싶지 않습니다.

그러니 내게서 멀어지지 말아 주세요, 당신은.

3장

나의 일상이
당신의 일상이 되는 일

잠시만
안녕

'개업을 축하합니다.'

집에 가는 골목길에 처음 보는 칼국숫집이 생긴 걸 보고 이상한 기분이 들었다. 누구네 손칼국수. 깔끔한 간판에 개업을 축하한다는 축하 화분까지. 암만 봐도 새로 생겨난 게 분명하다. 그런데 자리에 멈춰 서서 아무리 떠올려도 이전에 뭐가 있었는지 기억이 안 나는 거다. 맞은편에는 치킨집이, 옆에는 카페가 있는, 내가 매일같이 지나던 그 길이 맞다.

그러고 보니 이전에도 산책하러 나갈 때마다 건너는 횡단보도 앞에 큰 약국이 생겼는데 도무지 전에 어떤 가게가 있었는지 기억나지 않았다. 건물 1층의 한 면을 다 쓸 만큼 커다란 약국이었는데도. 평소에 크게 관심을 두지 않아서 그런 게 분명하지만, 지나다니면서 한 번이라도 보고 짧은 생각이라도 했을 텐데.

기억되지 못하고 사라진다는 건 슬픈 일이다.

저녁 생각은 없었지만 허기가 지는 것 같기도 해서 가게로 들어섰다. "아주머니, 이 자리에 원래 뭐가 있었죠?" 자리에 앉아 메뉴판을 보기도 전에 물었다. "인형뽑기 가게가 있었지." 일순간, 술에 찌들어 일어난 다음 날 거울 앞에서 머리를 말리며 전날의 기억을 떠올리는 것보다 더한 허무함이 몰려왔다. 이곳은 내가 집 밖으로 나갈 때마다 스쳐 지나간 곳이다. 일상의 풍경이 되기도 했고 여러 기억이 여문 곳이기도 했다.

유행 다 지난 인형뽑기 가게에 있는 사람들을 보며 신기해하기도 했고, 헌 옷 수거함으로 들어간, 지난 애인과 함께 뽑은 인형의 출처이기도 했다. 샛노란 외관에 종일 열려 있던 큰 유리문. 안에 늘어선 하얀 기계들. 길을 걸으면 그 가게를 보지 않고 지날 수는 없었다.

나는 또 얼마나 많은 것을 잊어 가고 있을까.

사라지고 생겨난다. 지금 이 순간 사람의 몸에서도 무수한 세포가 죽고 생겨나듯이. 나는 앞으로도 새로운 것을 받아들이는 만큼 지난 풍경을 잊으며 살게 될까.

기억하는 것과 잊히지 않는 것은 다르다. 잊히지 않는 것은 기억하는 것이 아니라, 노력하지 않아도 기억나는 것이다. 나를 스쳐 간 많은 것이 시간이 지나면서 잊힐지, 간신히 기억하게 될지, 잊히지 않는 것으로 남을지는 알 수 없다. 매일 지나던 골목의 노란 인형뽑기 가게를 단 하루 만에 잊기도 하는 게 사람이니까.

하지만 어릴 적 배운 어느 수학 공식처럼, 어떤 기억은 노력으로 잊히지 않기도 한다.

휴대폰을 들고 코팅하는 곳, 코팅하는 법 따위를 검색한다. 그렇게 해서라도 잊고 싶지 않은 기억과 순간이 있다.

걸음이 만드는
풍경

세상은 종종 사람의 발뒤꿈치에 고여 있다.

계절로 치면 딱 이맘때쯤의 이야기다. 두 해 전, 글을 쓰며 대구에서 지내던 때. 큰맘 먹고 산 자전거를 팔았다. 중고 사이트에 올린 뒤 신천 다리 밑에서 종이 봉투에 든 현금 30만 원을 받았다. 구매한 가격의 반도 되지 않는 돈이었다. 물티슈니 마른걸레니 꺼내 닦은 덕에 새것이나 다름없이 반짝이던 '붕붕이'를 생각하면 적은 돈이지만, 그때는 30만 원이 급했다. 나는 그 돈을 보태 점찍어 둔 카메라를 살 셈이었다.

"세상을 여행하며 사진 찍는 사진작가가 될 거예요."
중학생 꼬맹이가 거실에 부모님을 앉혀 두고 한 말이다. 무얼

해야 하는지도, 어떻게 되는지도 몰랐지만 사진작가가 되고 싶었다. 하지만 건축과에 진학한 걸 보면, 고등학생 때 하고 싶어 하던 디자인과 마찬가지로 꼬맹이는 부모님 포섭에 실패했었나 보다. 글을 쓰기 시작하면서 무슨 바람이 들었는지, 카메라가 사고 싶어져 꼬박 달력 한 줄을 카메라를 알아보며 지냈다. 새로 시작하는 사람에게는 어떤 카메라가 좋은지, 또 어떤 렌즈가 있는지. 그렇게 붕붕이를 떠나보내고 오래지 않아 매끈한 은색 미러리스 카메라와 커다란 렌즈를 가지게 됐다.

그 덕에 산책길이 풍요로워졌다. 막 사진을 찍기 시작한 주제에 커다란 카메라를 들고 걸으면 정말이지 사진작가라도 된 듯했다. 걸음을 멈추게 하는 풍경 앞에 서면 휴대폰을 꺼내는 대신 왼쪽 눈을 뷰파인더에 대고 숨을 고르게 됐다.

그날도 어김없이 카메라를 들고 걸었다. 점심때가 다 지나서야 침대에서 몸을 일으켰다. 시계를 보곤 그래도 노을은 담을 수 있겠다며 들떠 대충 샤워를 하고 나왔다. 오늘은 시내까지 걸어갈까. 가끔 버스가 다니지 않는 시각까지 술을 마실 때면 한 시간이 넘는 거리를 걸어온 적도 있어서 가는 길 정도야 알고 있었다. 해도 지지 않은 시각에 뚜렷한 목적도 없이 그곳까지 걷는 건 처음이었다. 하지만 산책이란 원래 목적 없는 걸음이어서 좋은 거니까.

원룸 건물이 가득한 골목을 벗어나 큰길로 나왔다. 어제까지만 해도 맑았던 하늘에 허여멀건한 구름이 군데군데 끼었다. 해를 가린 탓에 내 앞의 세상은 좀처럼 생기가 없어 보인다. 갈 길이 머니 걷는 동안에는 흩어가지 않을까. 새로 묶은 운동화 끈이 아쉬웠다. 소중한 카메라를 놓치지 않으려 넥스트랩을 오른 손목에 칭칭 감고, 가죽 손잡이에 손가락을 걸치고 흔들거리며 걸었다.

몇 번은 억지로 팔을 올려 봤지만 작은 뷰파인더로 들어오는 피사체를 보다 힘없이 셔터를 누를 뿐이었다. 해를 가린 구름을 흘겨보며 걷다, 이내 손목에서 스트랩을 풀고 카메라를 목에 걸었다. 이만큼이나 걸음이 느려지지 않는 산책길은 처음인데. 마음에 드는 사진을 몇 장이나 찍을 수 있을까 괜히 안달이 나서 발걸음만 빨라졌다. 머릿속을 흐린 하늘, 흐린 도로, 흐린 나무, 흐린 사람들이 차지했다. 목에 걸려 배를 쳐 대기만 하는 카메라는 가방으로 들어갔다.

아니나 다를까, 생각했던 것보다 훨씬 일찍 도착했다. 원래는 가는 길에 노을을 담고 저녁 시내를 구경할까 했는데. 노을이 질 때가 됐는데도 잔뜩 낀 구름이 전부인 걸 보고 다리에 힘이 풀려 버렸다. '이대로 흐린 채 해가 지겠지.' 시내 구경은 고사하고 왔던 길로 돌아갈 여력이나 있을까. 계획 같은 건 접어 두고 걸음을 돌렸다.

　이럴 리가 없는데.

　분명 내가 걸어왔던 길인데. 등을 돌려 바라본 풍경이 낯설었다. 높고 낮은 아파트와 맑은 하늘이 만나는 경계에 낮게 깔린 구름이 분홍색으로 물들어 있었다. 뒤로 돌았을 뿐인데 등 뒤에는 앞과 다른 세상이 살고 있었다. 신호가 하나 바뀌는 동안 그 자리에 서 있다가 가방에서 카메라를 꺼내 렌즈 마개를 빼고 사진을 한 장 찍었다. 카메라를 들고 걸을까. 넥스트랩을 만지작거리다 다시 가방에 넣고 천천히 발을 뗐다. 천천히 천천히, 웃으면서 왔던 길을 되돌아 걸었다.

　아끼는 사진을 고르라면 이날의 사진이 가장 먼저 떠오른다. 도로를 지나는 차의 간격이 일정해서도, 앞의 신호등과 멀찍한 건물이 만들어 내는 스카이라인이 마음에 들어서도, 그 위로 떠오른 뭉게구름의 색 때문도 아니다. 이 사진만 보면 걸음을 돌리자마자 입 밖으로 턱 나온 헛웃음이 자꾸 생각난다.

　노을과 산책, 사진만의 이야기가 아니다. 무언가를 정하고 나아갈 때 초점이 맞춰지면 자칫 시야가 좁아지기 마련이다. 하지만 내가 신경 쓰지 못한 것은 그저 지나가 버리는 게 아니다. 중요한 건 초점 밖에서라도 내 곁을 스쳐 갔다는 사실이다. 그건 앞으로 나아가는 내가 걸어온 발자국과 발뒤꿈치로 흘러들어 고인다. 초점 안의 멀쩡한 것이 달라지지 않아 속이 상하려 할 때마다 생각한다. 걸을 때마다 세상은 변한다고. 하물며 골목을 하나 꺾어도, 길만 하나 건너도 온 세상이 달라진다고.

이제는 걷다가 빙글, 한 바퀴를 돌며 주변을 바라보고는 한다. 여기까지 걸어온 나의 걸음이 내 뒤의 풍경을 만들었다.

고양이의
표정

　언제부턴가 고양이를 좋아하게 됐고, 그들을 동경하며 살아왔다.

　그들은 어디서든 걸어 나온다. 나무 몇 그루가 심어진 작은 숲에서, 내가 걷던 길에서, 건물 골목의 쓰레기 더미에서. 그렇게 다시, 어디로든 떠나간다.

　좋은 것 앞에선 원 없이 꼬리를 부르르 떨며 가릉거리다가도, 싫은 것 앞에선 여지없이 꼬리를 말아 넣고 털을 세운다. 눈앞에서 살랑거리며 걷다가 이내 저만치 가 버린다. 도통 속내를 알 수 없는 얼굴을 하곤 어슬렁어슬렁. 사람이 들어갈 수 없는 좁은 틈새나 높은 담장, 지붕마저도 걷는 곳이 곧 길이 된다. 저 말곤 세상 어느 것에도 관심 없다는 표정을 하곤 제 몸을 핥으며 살아가는 고양이. 다시 태어난다면 고양이로 태어나고 싶다는 생각을 한다.

큰 개 같다는 말을 자주 들었다. 웃는 모습이 꼭 사람 앞에서 꼬리를 흔드는 크고 누런 개의 모습을 닮았다고. 털이 많고 푸근할 것 같은 개, 따뜻하고 편안할 것 같은 사람. 그렇게 다가온 사람들은 모두 같은 말을 했다. 도대체 무슨 생각을 하는지 모르겠다고. 생각과는 조금 다른 사람인 것 같다고.

웃는 모습으로 기억된다는 건 썩 좋은 일만은 아닌가 보다. 하루를 지내는 나는 표정이 없을 때가 더 많은데. 그런 말을 들으면 조금은 헷갈린다.

"네 글의 분위기는 뭐랄까, 회색 같다."

얼마 전 알게 된 아이에게 글 한 편을 보여 주고 들은 말이다. 외로운 색 같다고. 그 아이는 겨우 글 한 편을 읽고 나를 판단한 것 같아 미안하다고 했지만, 괜찮다고 답했다.

나는 사진을 찍을 때, 카메라를 들고 걷다 무심결에 셔터를 누르곤 집에 돌아와서 이 순간에 무엇을 느낀 걸까 되짚어 본다. 마찬가지로 메모해 둔 글감도 왜 그걸 적었는지 아직까지 모르는 것이 많다. 낯선 할아버지가 타고 가던 낡은 자전거의 바람 빠진 뒷바퀴나, 물에 젖은 낙엽을 밟았을 때의 기분 같은 것들.

노트북 앞에 앉아서야 겨우 널브러진 글감을 바늘에 끼워 넣고 엮는다. 한자리에 앉아 몇 시간이고 낑낑대면서. 모든 글이 그런 건 아니지만, 이런 과정을 통해 쓰는 글은 이유를 찾는 일이다. 나조차도 몰랐던, 내가 말하고 싶던 것을 알아 가는 일이다. 내 역할은 한 자락 엮어 내는 게 고작이다. 부디 좋은 옷감이기를 바라면서.

그렇게 헝겊일지 천일지 비단일지 모를 것을 만들고 나면, 나머지는 건네받은 사람의 몫이다. 옷감에 색을 입히고, 목에 두를지 어깨에 걸칠지 정하는 일. 어떤 문장은 한 철만 입고 마는 티셔츠가 되고, 어떤 문장은 옷장에 오래 머무르는 아끼는 스웨터가 된다. 옷감에 색이 입혀지고 옷장에 개어 넣어지는 것만으로 고마운 일이다.

회색 같다니. 행복이나 위로, 따뜻하고 사랑스러운 말. 평소에 듣던 말과는 온도 차가 있었지만 놀랍거나 신기하지는 않았다. 전에도 비슷한 말을 들은 적이 있다. 그땐 망치로 머리를 맞은 기분이 들어 어딘가에 써 둔 것 같기도 한데. 이제는 그 대화의 토막을 외우고 있다.

"너는 검은색 위에 주황색으로 덧칠해 놓은 사람 같아."

"내가 주황색을 좋아하나 보네."

"하지만 그걸 긁어내지 않으면 예쁜 그림이 될 수 없잖아."

　나는 고양이처럼 보이고 싶은 강아지였을까, 강아지처럼 보이고 싶은 고양이였을까.

　다만 나의 표정 없는 얼굴도 사랑하고 싶다. 회색이나 검은색으로 읽히게 될지 몰라도 내가 말하지 못하던 것을 낑낑대며 알아 가고 싶다. 이기적일지도 모르지만 나의 어두운 부분을 드러내는 건, 내가 조금 더 자유로워지기 위해서다. 이런 모습도 나의 한 부분이라고. 알아 달라고. 이런 나여도 괜찮겠냐고. 어쩌면 나는 지금 덮어 둔 색을 긁어내며 그림을 그리고 있는 걸지도 모르겠다.

여행용 가방

오후 비행기 표를 취소하고 비행을 하루 미뤘다. 당장 내일 비행기여서 몇 주 전에 예약한 것보다 비쌌지만 어쩔 수가 없다. 정리해야 하는 일이 좀처럼 끝나지 않는 건 둘째 치고, 짐을 어떻게 싸야 할지 도통 모르겠다. 이렇게나 큰 가방은 처음 싸 본다.

여행을 좋아한다고 말하기는 하지만, 그게 여행을 자주 다닌다는 이야기는 아니었다. 혼자서 비행기를 타는 것조차 이번이 처음일 정도니까. 오래전부터 어딘가로 길게 떠나고 싶다는 생각을 하며 살았지만, 마음먹을 때마다 발목을 잡는 것이 있었다.

그 기간 동안의 경비나 오래 비워 두어야 하는 월세방. 그러니까 돈도 물론 문제였지만, 내가 지금 사는 이곳에서의 일상이나 매일 마주하는 사람이 더 마음에 걸렸다. 그래서 일하던 카페를 정리하자마자 떠나야겠다는 생각을 했던 건지도 모른다. 다시 혼자 지내는 것에 익숙해졌고, 이제는 길게 떠나지 못할 이유가 없다고 느꼈다.

한 달이나 섬으로 여행을 간다는 기대에 잔뜩 부풀어 산 캐리어. 인터넷으로 며칠이나 알아보다 정하고는 이틀을 기다리지 못해 매장까지 찾아가 사 왔다. 크다 싶었지만 28인치라는 게 어느 정도인지 감이 안 왔다. 그 커다란 가방을 덜덜 끌고 지하철역 일곱 개를 지나올 때까지도. 그런데 집에 와서 보니 앞모습이 드럼세탁기만 하다. 그걸 열어 반으로 갈라놓으니 안 그래도 널린 옷가지 탓에 자리가 없던 방에 발 디딜 틈이 없다.

여태껏 여행 가방이라고 싸 본 건 등으로 메는 검은색 군용가방이 다였다. 이것도 백팩 치고는 꽤 크기가 큰 편이다. 상하의, 속옷, 양말과 수건을 몇 개씩 집어넣고 앞주머니에 세면도구와 화장품 따위를 일회용 비닐 팩에 담아 넣으면 사나흘에서 조금 무리하면 대엿새까지 버틸 만하다.

막 대학에 들어가 만난 친구들과 파란 마음으로 떠났던 첫 여행도, 동생이 성인이 되기만을 기다렸다 떠난 기차여행도, 언젠가의 지난 연인과 갔던 남쪽 바다도, 마음을 비우고 싶어 일주일을 떠돌아다녔을 때도 등으로 메는 커다란 가방과 함께였다. 그런데 이번에는 무려 한 달이다.

도대체 무엇부터 어떤 것까지 담아야 할까. 우선은 옷이 먼저다. 자주 입는 셔츠 몇 장을 개어 넣고 어울리는 바지도 넣었다. 수건은 네 장 정도면 괜찮지 않을까? 속옷과 양말은 다섯 개씩 내가 아끼는 것으로. 다음은 세면도구. 수염이 잘 나진 않지만 이번엔 면도기까지 챙겼다. 또 스킨, 로션, 크림…. 향수도 가져갈까?

　여기서부터가 난관이었다. 지금까지는 이전의 짐과 별다를 게 없는데, 가방의 빈 공간과 긴 여행 기간을 저울질하며 내게 필요할 만한 것을 찾고 있다. 유리병에 담긴 향수 대신 새끼손가락만 한 고체 향수를 넣었다. 오래 걸으려면 운동화를 신어야겠지만 구두도 딱 하나만 넣자.

　넘치게 크다고 생각한 가방인데 펼쳐 놓고 몇 시간이나 씨름하고 있자니 왜 이렇게 작게 느껴질까. 짐 하나를 챙겨 넣는 데 필요한 상황까지 상상해 가며 고민한다. 침대 위에서 벌써 한 달치 여행을 마친 사람만큼 지쳐 있다. 나는 내 생각보다 미련이 많은 사람일까, 아니면 욕심이 많은 사람일까.

　넣었다 뺐다를 반복하다 아주 조금의 여유를 남기고 가방 지퍼를 끌어 올렸다. 가방을 싸는 동안 분주하게 돌아다니느라 흐른 땀이 식어 등에 한기가 느껴진다. 이제 옷장에서 마구잡이로 끄집어낸 옷을 정리하고, 떠나기 전에 방 청소를 해야겠지.

진이 다 빠진 몸을 침대에 눕힌다. 여행 가방을 싸는 일은 삶을 살아갈 마음가짐을 하는 것과 비슷할지도 모른다. 동시에 마음 어딘가에도 가방 하나를 마련해 두기로 했다. 크기는 오늘 꾸린 가방 정도면 괜찮지 않을까. 이 정도면 적당히 고민하며 이것저것 담을 수 있을 것 같다. 넘칠지 여유로울지는 아직 잘 모르겠다.

내가 지금까지 떠나지 못한 이유는 어쩌면 마음에 그 여행 가방 하나가 없었기 때문은 아닐까. 토사물처럼 쏟아져 나온 옷장의 옷처럼, 담고 빼내야 할 걸 구분 짓지 못했던 거다. 마음에 가방 하나를 마련해 둔다. 불현듯 내가 어디론가 떠날 때 꼭 챙겨야 하는 것을 담아 두기로 한다.

사람 없는 길 위에서

1

이상한 곳에 왔다. 해가 질 때 가장 많은 사람이 찾고, 해가 사라지면 단 한 명도 남지 않는 곳.

새별이라는 이름의 오름. 그 아래 넓은 주차장을 가득 채우던 차도, 억새풀 사이마다 숨어 사진을 찍던 사람도 다 떠났다. 언덕을 넘어 다니며 노을을 담다 낮게 깔린 구름 때문에 일찍 진 해가 아쉬워 조금 더 걸었다. 하늘이 어둑해지고 나서도 걸음을 아껴 걸으며 사진을 찍었다. 달이 좋네. 자세를 낮춰 억새를 달까지 끌어올려 둘을 함께 담아도 본다.

다들 어디로 갔을까. 빽빽하던 공터를 느린 걸음으로 가로질러 걷는다. 지평선 위로 낮게 깔린 노을과 신발에 밟히는 자갈 소리. 걸어서 돌아갈까.

올 때는 택시로 2~30분 정도 걸린 것 같은데, 휴대폰에 숙소주소를 입력하니 도보로 4시간 48분이 나온다. 19킬로미터가 조금 넘는 거리. 군장을 멜 때 이후론 이렇게까지 걸어 본 적이 없다. 집 앞에서 혼자 하는 산책은 길어도 두세 시간이었으니까. 괜찮겠지, 하는 생각보다 재밌겠다는 생각이 먼저 지나간다.

몇 안 되는 가로등이 켜진 곳으로 걸었다. 오름의 입구를 알리는 깃대를 지나 차도로 들어선다. 인도는 딱딱한 시멘트 바닥에 한 뼘 정도의 화단으로 분리된 게 다였지만 그럭저럭 걸을 만했다. 내가 걷는 길의 앞에도, 뒤에도 지나가는 사람이 없고 옆을 지나쳐 가는 차만 많다. 왜인지는 모르겠지만 인도에는 가로등 하나가 없고 인도가 없는 건너편 길에만 가로등이 있다. 지도는 이제 다시 켜 보지 않아도 될 것 같았다. 적어도 두어 시간은 이 넓은 차도를 따라 붙어 있는 인도를 걸어야 한다.

찬바람을 들이켜며 한참을 걷는다. 내 발걸음의 수를 세다가, 옆으로 지나가는 차의 수를 세다가. 마음이 급한 사람처럼 걷다가, 이제 다시 막 걷기 시작한 사람처럼 걷다가. 왼편에는 저 멀리 조그만 마을의 불빛과 오른편으로는 헤드라이트와 드문드문 세워진 가로등의 불빛. 앞에는 내가 걸어야 할 좁은 길, 뒤의 하늘에는 달이 선명하게 떠 있다.

무수한 일을 겪으며 살아온 내가
아끼는 대로 둘 것.
하고 싶은 일에 최선을 다할 것.
그 일이 쓸데없지 않다는 걸
믿어 의심치 말 것.
그렇게 꾸준히 걷는 것.
밝지 않는 길을 걷는 내가 도착할 곳은
어둡지 않다는 것을 알 것.

내가 나고 자란 곳에는 '호작질'이라는 말이 있다. 쉽게 말하면 '손장난'이라는 뜻인데, 경우에 따라서는 '쓸데없는 일'이나 '의미 없는 일'을 가리킬 때도 쓴다. 전자의 뜻은 대개 유년기의 아이들에게 많이 쓰이고, 이후로는 후자의 뜻이 쓰일 때가 많다.

아주 전부터 그리고 지금까지도 나는 그렇게 살아간다.

할머니 집 마당에 주저앉아 나뭇가지로 바닥에 선을 그어 개미에게 집까지 가는 길을 만들어 주거나, 학교 책상 상판 나무의 가로 결을 세거나, 건축 모형을 만들며 누구도 신경 쓰지 않는 작은 난간을 만들고 만족해하거나. 어쩌면 이 일 또한 누군가에게는 의미 없고 쓸데없는 일일 것이다. 하루 중 깨어 있는 시간의 절반을 그저 걷기만 하는 일. 글을 쓰겠다고 처음 연필을 쥐었을 때도 이런 말을 들었던가.
하지만 누군가 내게 호작질이라고 말했던 것 중에 스스로 '쓸데없는 일'이라고 생각한 일은 없다. 털끝만큼의 매력이라도 느꼈고 내가 하고 싶어서 시작했다면, 그건 나에게 이미 의미 없거나 쓸데없는 일이 아니라는 말이다.

살아간다는 건, 언제 도착할지 모르는 앞의 길처럼 컴컴할지도 모른다. 하지만 나는 고개 들면 떠 있는 달을 알고, 걸어온 길을 안다. 한참을 걷고 돌아보니 누군가 쓸데없다고 말한 내 작은 행동이, 그 누군가와는 다른 길로 들어서는 첫 번째 발걸음이었다.

어디로 나아가야 할지 모를 수도 있겠지만, 가고 싶은 길로 가는 방법은 안다.

무수한 일을 겪으며 살아온 내가 이끌리는 대로 둘 것. 하고 싶은 일에 최선을 다할 것. 그 일이 쓸데없지 않다는 걸 믿어 의심치 말 것. 그렇게 꾸준히 걸을 것. 밝지 않은 길을 걷는 내가 도착할 곳은 어둡지 않다는 것을 알 것.

사람 없는 길 위에서
2

걷는 길에 별이 좀 있으면 했는데 구름 탓에 하늘에 보이는 게 많이 없다. 바람이 이마 위로 쓸어 올린 머리칼은 이제 안중에도 없고, 안경알 없는 안경테는 재킷 안주머니에 넣었다. 2+1으로 세 병 산 이온 음료를 반이나 마셨고, 주머니 속에서 쥐고 있는 카메라를 꺼내는 빈도가 줄었다.

마지막으로 카메라를 꺼내 찍은 사진을 확인하고 가방 안에 넣는다. 해가 지고 사람이 없는 오름의 모습이나, 꽃이 지면 꺾일 억새나, 수명을 다하고 깜빡이는 가로등. 나는 여전히 이런 게 마음에 걸린다. 배터리가 많이 남았지만 걸어온 거리와 저린 무릎을 생각했을 때 사진을 더 찍을 것 같지는 않다.

두리번거리던 고개를 멈추고 열 발자국 정도 앞에다 시선을 두고 걸었다. 간격이 뜸한 가로등과 그 사이로 눈을 찌르는 전

조등이 내가 볼 수 있는 빛 전부였다. 눈길이 정해지면 다른 것에 귀 기울일 수 있다. 볼과 배를 빠르게 감싸고 지나가는 차운 바람과 등을 적시고 흐르는 땀. 헌신짝이 된 것 같은 두 다리와 주머니에 넣은 두 손. 공기를 가르는 차 소리 위에 루이 암스트롱의 '라비앙 로즈'가 얹혀 들려온다.

옆을 지나는 차가 많지는 않지만 적은 것도 아니었다. 음악과 자동차 소리 너머 간간이 내 발소리를 들을 수 있을 만큼. 불어오는 바닷바람을 들이마실 때마다 매캐한 냄새가 조금씩은 섞여 들어올 만큼. 신발이 바닥에 끌리지 않도록 걸음걸이를 고쳐 걷고, 숨을 더 크게 들이쉬고 내쉰다. 힘 빠진 발을 털며 터벅터벅 걷는 나와 빠르게 지나가는 자동차. 모든 게 한순간 이루어지고 느껴지는 일들.

세상과 도로 사이에 내가 끼어든 것만 같다. 낭떠러지에 가드레일 하나를 얹고 도로와 낮은 화단 하나로 구분을 둔 인도의 모양이 그랬다.

서로 잘 어울린다는 뜻의 '조화'는 두 가지 의미가 있다. 하나는 닮은 것끼리 맞붙어 어울리는 것. 또 하나는 다른 것끼리 갖다 댔는데도 썩 잘 어울리는 것. 색으로는 유사색과 보색 같은 거다.

나는 그런 조화라는 얄궂은 말이 좋다. 생판 다른 것끼리 어우러져 하나인 양 구는 게 신기하고 웃기다. 닮은 것과 다른 것을 나누는 기준은 또 어떻고. 단 하나가 닮아도, 달라도 그렇게 불릴 수가 있다. 어찌 보면 조화라는 건 애초에 닮고 달라야 하는 걸지도 모른다. 모든 게 영 같을 수도, 영 다를 수도 없는 노릇이니까.

시끄럽고 조용한, 눈부시면서 어두운, 탁하면서도 상쾌한. 지나가는 차 한 대 없었다면 이 길을 걷자고 작정하지 못했을 수도 있고, 시선을 돌리고 호흡을 조절하지 않았더라면 이런 생각을 하지 못했을 수도 있다. 덕분에 밤길을 걸을 수 있게 됐다.

조화로운 것을 떠올려 본다. 화단의 파란 잔디와 찌르르 풀벌레, 길을 걷는 사람과 달리는 사람, 사람이 건너는 횡단보도와 그걸 가로지르는 자동차, 도로 위의 불그스름한 노을과 마음 급히 떠 있는 달. 다시 문장을 조각내 섞어 봐도 괜찮다.

어쩌면 당신과 나도. 다르면 다른 대로 닮으면 닮은 대로, 그 사이에 섞여 어우러져도 괜찮지 않을까. 당신은 당신대로, 나는 나대로. 비슷한 게 있다고 너무 들뜨지도 말고, 다르다고 너무 조바심 내지도 말고. 원래 그런 거니까. '우리'라는 단어는 당신이 당신일 때, 내가 나일 때 가장 조화로울 수 있으니까.

머리로 이런 생각을 하는 것마저 힘들다고 느껴질 때쯤, 드디어 멀리 시선 끝에 도시의 빛이 들어온다. 경사진 도로를 한 걸음씩 오를 때마다 빛무리가 늘어난다. 조용한 흥분과 함께 걸음이 빨라짐을 느낀다. 머물던 큰 도시에서 염증을 느끼고 떠나온 사람이 작은 마을의 빛에도 가슴이 뛰는 건 얼마나 신기하고 웃긴 일인가.

머물던 육지와 떠나온 섬이 그랬고, 수평선을 사이에 둔 하늘과 바다가 그랬다. 사람 살아가는 세상이 그렇듯, 세상 살아가는 사람도 그렇다. 어디에 가져다 놓아도 조화로운 사람이고 싶다는 생각과 함께, 세상이 조금은 더 제멋대로여도 괜찮겠다는 생각을 한다. 돌아가는 길 위에서 누군가를 마주친다면 선뜻 말을 걸어 볼 수도 있을 것 같다.

조금만
힘을 빼고

줄곧 그런 기분으로 살아왔다. 깊은 바다에 빠져 허우적대고 있는데 나를 꺼내 줄 사람이 아무도 없는 느낌. 폐의 가장 깊은 곳에 있는 숨까지 쓰고, 모든 근육이 힘을 다했는데도 여전히 물속이라 어찌할지 모르겠는 기분. 도무지 수면 위로 떠오를 수 없을 것 같았다. 섬으로 떠나온 이유 중 하나이면서, 오래도록 가라앉지 않는 고질적인 상태였다.

며칠째 파도가 높다. 이틀 전에는 제주에 온 지 한 달 만에 처음으로 어두운 밤바다를 봤다. 일정한 간격으로 수평선을 밟고 나란히 줄 선 배 때문이었는데, 그 배가 갈치잡이 배라는 걸 택시 기사님에게 들었다. 가을, 겨울의 제주에서는 갈치가 잘 잡혀 멀리에서도 찾아온다고. 그가 말하길 해변까지 눈이 부시게 닿는 밝은 빛은 작은 물고기를 모여들게 해 갈치를 유인하기 위해서란다. 그런데 오늘은 풍랑이 높고 거칠어 배가 한 척도 뜨지 못했다.

갈치잡이 배가 사라진 제주의 바다는 아득하다 느껴질 만큼 한없이 어둡다. 하지만 눈길을 조금만 당기면 쉬지 않고 몰려오는 날카로운 파도가 보이고, 귀를 에는 바람과 부서지는 파도 소리에 정신을 차리게 된다.

방파제를 타고 올라온 파도가 바다에 철썩 내려앉는다. 생명을 가지고 달려오던 물살이 콘크리트 바닥에 힘없이 스며들어 흔적을 남긴다. 규칙성이라곤 찾을 수 없는 바다 표면이 지난날의 누군가를 닮았다. 나는 배를 띄울 수 없는 바다로 살아왔던 걸까. 적당히 불어오는 바람은 배의 순항을 도와주지만, 지나치게 거센 바람은 항해를 시작하는 것조차 허락하지 않는다.

섬에 살면서 하루 중 몇 시간을 잊지 않고 바다에게 나누어 준다. 길가에만 나가면 탈 수 있던 버스를 타기 위해 한 시간 가까이 기다려도 보고, 아무 일도 하지 않고 세상에 없는 사람이 되어 하루를 떠나보내기도 한다. 바다 건너 다른 삶을 살아가는 누군가와 비교하는 일을 그만두었고, 전보다 자주 걸었다.

머릿속에는 여전히 여러 생각이 뒤섞여 있지만, 떠다니기만 하던 생각이 가라앉아 머물 자리가 넉넉해졌다.

잊고 살아왔다. 수영을 배울 때 첫 번째로 알려 주는 것은 발을 차 앞으로 나아가는 법이 아니라 호흡하는 방법이라는 것을. 숨을 들이쉬고, 참고, 내뱉는 방법. 살아간다는 건 바다 한가운데의 사람과도 비슷하게 느껴진다. 가라앉아 죽지 않아야 한다. 살아, 가는 일이다. 앞으로 가기 전에 먼저 살아야 한다는 걸 알아야 한다.

나를 망쳐 가며 휘적이던 팔다리를 잠시만 멈추고, 몸의 긴장을 조금만 늦추고. 내 주변을 감싸는 바다의 너울은 내가 만드는 것이다. 그러고 싶고, 그래야 한다.

몸에 힘을 주기 전에 먼저 몸에 힘을 뺀다.
몸에 힘을 주기 위해 먼저 몸에 힘을 뺀다.

물살이 잔잔해지기를 기다렸다가, 순항하는 배를 상상하며 느리고 조심스럽게 팔을 뻗어 본다.

보이지 않는
곳에서도

"아빠, 저것도 별이에요?"

움직이는 별. 빨갛고 파란 불을 깜빡이며 밤하늘을 떠다니는 별.

반짝, 반짝.

목이 아픈 줄도 모르고 구름 사이로 사라질 때까지 그걸 쳐다보곤 했다. 잘 보이지도 않을 만큼의 높이에서 느리게 움직이는 별. 아빠는 그걸 비행기라고 했다. 손가락 끝으로 따라 쫓기만 하다가 이후로는 손바닥을 펼쳐 보이며 인사를 건넸다. 어디로 가는지도 언제인지도 모르지만, 보이지 않는 곳에서의 그 도착이 무사하길 바랐다.

자란 곳에서는 비행기를 보는 일이 드물었다. 서울에 살게 됐을 때 동네를 좋아하게 된 이유 중 하나가 비행기였다. 하늘에 길이 얼마나, 어떻게 나 있는지는 모르지만 아마 내가 지내는 곳은 하늘길과 멀지 않은 모양이다. 하늘의 별만큼 작았던 비행기는 손톱만큼 커졌고, 어떤 소리를 내며 날아가는지도 들었다. 하루에도 몇 번이나 비행기를 볼 수 있어 즐거웠다. 손을 들고 공항이 있는 방향을 가늠해 보며 어디에서 오는 걸까, 어디로 가는 걸까.

바다 앞 벤치에 앉은 내 머리 위로 비행기가 지나간다. 섬에는 별이 많다. 내가 묵는 바다 앞의 집에서는 좀 더 크게, 좀 더 자주 지나간다. 몇 년 만에 찾은 공항에서는 비행기가 내 머릿속에 있던 것보다 더 커서 놀랐고, 섬에 지내면서는 그 커다란 비행기의 배가 휑하다는 것에 어떤 감정이 차올랐다.

날개와 등짝에 알록달록한 색을 칠하고 커다랗게 항공사의 이름을 박아 넣고는, 다큐멘터리에서 보았던 어느 새의 하얀 배를 떠올리게 한다. 그러고 보니 내 스케치북에 하늘색 크레파스로 그리던 비행기에도 배는 없었는데, 나의 바닥은 어떤 모습을 하고 있을까.

아마도 그 감정은 연민이었나. 어디를 향하는 연민이었나.

재들은 어디로 가는 걸까.

한 무리의 새가 떼를 지어 수평선 위에 나란히 선 하나를 긋는다. 앞만 보고 날아가는 새는 어디로 가는 걸까. 펄럭펄럭펄럭, 하나둘셋. 펄럭펄럭펄럭, 하나둘셋. 홀리기라도 한 듯 뒤도 돌아보지 않고 어디로. 잠깐 앉아 있던 십여 분 동안에도 수어 대가 지나가는 이 비행기는 어디에서 올까. 어두운 하늘을 반짝이며 날아가는 빨갛고 파란 별을 시선 끝으로 쫓던 아이가 생각나서 그만, 멀어지는 새의 뒷모습을 가만히 본다.

마음속으로 초를 센다. 내 앞을 지나쳐 간 새가 까만 점이 되고, 작아지고, 작아지고, 사라진다. 팽팽히 당기던 고무줄을 잘라 내는 모양으로 좁아졌던 시야가 넓어진다. 점이 사라진 허공의 뒤로 부둣가와 산이 보인다. 날아가는 새는 그것보다 가까이 있는 게 분명하지만, 더는 볼 수 없다.

하지만 보이지 않는 곳에서 날갯짓을 하며 날아가고 있을 새의 모습을 안다. 눈을 떼지 않고, 고개를 돌리지 않고. 저들만이 아는 곳으로.

흙이 묻은 운동화와 내가 앉은 벤치를 받치고 있는 바닥을 내려다본다. 지난 세월의 파도에 깎여 나간 현무암 지반과 그 사이에서 돋아나고 말라 가는 풀. 바라보지 못하는 곳에서도 끊임없이 깎여 나가고 생겨나는 것을 생각한다. 하늘을 날아가는 새는 1초 전의 그 새가 아니다. 파도에 침식되는 바위도 더는 이전과 같을 수는 없다. 그 사이에 섞여 바다 건너를 바라보는 사람도.

다시 한 번 머리 위로 비행기가 지나간다.

날아가는 당신의 뒷모습에 초를 센다. 눈을 찌푸려도 보이지 않는다. 어디론가 날아가고 있을 당신을 응시한다. 이제는 이 자리 어디쯤이었던가만 겨우 짐작한다. 날아가는 것에는 영영 앞모습이 없다는 걸 안다. 비로소 내가 바라보지 못하던 나의 바다를 본다.

저마다의
책을 읽으며

　어느덧 캐리어에 담았던 세 권의 책 중 두 권을 읽었다. 비행기를 타기 전부터 읽던 첫 번째 책은 출간된 지 몇 해가 지나지 않은, 책장이 매끄럽고 빳빳한 책이었다. 바다 앞에서 그 책의 마지막 장을 덮었다. 두 번째 책은 40년이 됐다. 지인이 가장 아끼는 책이라고 덮개까지 싸 둔 걸 책꽂이에서 꺼내 왔다. 이전까지의 세월을 다 담은 양 종이가 누렇게 바래 있었다. 머무는 방에서 그 책의 첫 장을 펼쳐 같은 곳에서 책장을 덮었다.

　첫 책은 한 주도 되지 않아 다 읽었지만, 두 번째 책은 읽을수록 좀처럼 책장이 넘어가질 않았다. 그게 단지 오른손에 잡히는 활자 뭉텅이의 남은 두께와 책장의 질감 때문만이었을까. 설레고 웃으며 첫 책을 읽고, 쓸쓸한 마음으로 다음 책을 읽은 이유도 다만 그것이 담고 있는 내용에서 비롯된 것만은 아니었겠지.

'거긴 좀 어때. 지낼 만해?'

멀리서 간간이 물어오는 안부를 확인하며 두 번째 책의 마지막 장을 넘겼다. 누군가 안부를 물어올 만큼의 기간. 어쩌면 가방에 여러 벌의 옷을 개어 넣고 떠나올 때부터 어렴풋이 알고 있었는지도 모른다. '여행'이 아니라 '살러 간다'고 말을 할 때부터.

다시금 답답함과 쓸쓸함을 느끼고 몸을 웅크리게 된 것도 이곳에 온 목적이 여가가 아닌 생활이라는 걸 깨닫고 나서였다. 오늘 하루가 가볍게 느껴진 것도 어디론가 떠날 수 있다는 데에서 오는 떨림 때문이었을까.

앞으로도 나는 여행하며 살아가겠지. 나를 낯선 환경에 놓아두고, 낯선 사람을 만나고, 내가 가진 언어가 소용이 없는 곳을 헤매기도 하며. 하지만 그 모든 것은 익숙해지는 때가 온다. 스무 발자국만 걸어 나가도 길을 잃을 것 같던 곳이 보금자리처럼 느껴지기도 한다. 한마디라도 더 나누고 싶어 시선을 떼지 못하던 사람 앞에서 입술이 떨어지지 않게 되는 날이 올 수 있다.

겪지 못한 것에 대한 갈증은 함께 자라 온 소꿉친구 같아서 부정하고 싶은 마음은 없다. 그렇다면 나는 이미 밟은 땅과 목을 감싸던 사람에게서 떠나며 살아야 하는가.

더 많이 읽고 떠나 봐야 한다. 속에 더 많은 글자와 생각을 담고 세상을 세밀하게 바라보고 싶다. 여행이란 단지 떠나는 것에서 오는 떨림이 다가 아님을 알아야 한다. 발을 딛고 자신이 가진 눈길로 조금씩 알아 가는 것. 누구나 저마다의 여행을 하고 있다. 나는 그 끝에서 무거운 장서를 읽듯이 천천히 삶을 여행하고 싶다. 촘촘한 시선으로 한 사람의 깊은 곳까지 여행하고 싶다.

여행하는 삶도 좋지만, 삶을 여행처럼 살 수 있는 사람이었으면 한다. 떠나지 않아도 떠날 수 있는 사람. 세상을 자세히 사랑할 수 있는 사람.

많은 사람의 말소리가 들려오는 곳에서 세 번째 책의 첫 장을 읽는다. 마지막 장을 덮게 될 곳은 어디일까.

여행하는 삶도 즐겁지만,
삶을 여행처럼 살 수 있는
사람이었으면 한다.
떠나지 않아도 떠날 수 있는 사람.
세상을 자세히 사랑할 수 있는 사람.

해가 지고
돌아오면

낮게 어깨를 맞댄 건물 뒤로 해가 넘어간다. 밤공기가 느슨한 놀이터에 남아 조그마한 손으로 모래를 만지는 아이들이 있다. 손바닥만 한 소란을 포개며 들썩인다. 우리 조금만 더 놀자, 조금만 더 놀자. 내일도 우리는 여기서 만나겠지만, 오늘 더. 배가 고픈 것 같기도 하지만, 조금 더.

아이들은 집으로 돌아가는 길을 안다. 흙투성이가 되어 핀잔을 듣기도 하겠지만, 집으로 돌아가면 따뜻한 끼니를 먹을 수 있다는 것도 안다. 돌아갈 곳이 있으니 조금만, 조금만 더.

두 달에 가까운 여행을 마치고 돌아와 가방은 풀지도 않고 침대에 누워 이불 냄새를 맡았다. 좁은 방을 옅게 밝히는 조명과 마음이 편안해지는 향을 켜고 몇 시간을 가만히 누워 있었다. 비행기에 타기도 전부터 이 방을 생각했다. 내가 돌아올 수 있는 곳. 비록 작은 월세방이지만 내가 묻지 않은 데가 없는 곳. 하얀 천이 얹힌 책상, 낮고 좁은 1인용 매트리스, 옷장과 서랍장, 부엌까지 한 공간에 욱여넣었지만, 나는 이곳에서 바다가 보이던 넓은 호텔 방보다 큰 편안함을 느낀다.

이제 두 달이나 집을 비우고 돌아와도 핀잔을 주는 사람이 없다. 어서 앉아 밥 먹으라며 끼니를 걱정하는 사람도 없다. 하지만 밖의 여정에 지친 몸을 끌고 들어와 마음을 가지런히 누일 곳이 있다는 건 얼마나 행복한 일인가.

허기가 지는 탓에 일어나 밖으로 나섰다. 익숙한 골목을 낯설어하며 걷는다. 생긴 지 오래되지 않은 칼국숫집 아주머니는 이제 손님들과 이야기를 나눌 만큼 넉살이 늘었다. 그만큼의 시간이다. 매번 내가 먼저 말을 건넸는데 이번에는 먼저 말을 걸어온다. 왜 이렇게 오랜만이냐고. 고생했다며 얼른 밥 먹으라고. 몸을 덥히는 뜨거운 국물과 함께 지친 마음이 차오름을 느낀다.

오래 조용하던 휴대폰에 몇 통의 안부 메시지가 오갔다. 내일은 친한 형의 일을 도와주기로 했다. 여행하며 많은 사람을 만났고 새로운 이야기를 했다. 그 덕에 활기를 가지고 이 세상 저 세상을 뛰어다니기도 했지만, 그만큼 긁히고 상처가 났나 보다.

일주일 정도는 게스트하우스에서 묵으며 반쯤 스태프처럼 보냈지만, 그다음 한 주는 누구도 만나지 않았다. 그런데도 그 잠깐의 연락이 반가워 냉큼 돕겠다고 했다.

주말에는 오랜만에 동료들을 만나기로 했다. 내가 가져온 이야기를 들려주고 싶다. 그들은 그동안 어떤 마음으로 잔을 기울이며 살았는지 듣고 싶다. 쉬어 갈 새도 없이 보고 싶던 사람들을 떠올린다.

놀이터에서 놀던 어린아이처럼 뛰어가 닿을 거리에 돌아갈 곳이 있는 건 아니지만, 내가 돌아갈 곳은 그리 멀지만은 않은 곳에 있었다. 나에게도 헤매던 마음을 풀어놓고 쉴 수 있는 곳이 있었다.

내 것도 아니지만 앞에다 감히 나를 가져다 붙여도 마음이 불편하지 않은 것들. 나의 공간과 나의 사람.

왜 이제야 왔냐며 등을 토닥여 주는 것이 있다.

뜬구름 잡는
소리

　며칠 내리 비가 왔다. 이웃집 담벼락 능소화가 다 떨어지더니 길가의 흙 담긴 고무통에서 자그만 패랭이꽃이 폈다. 담벼락의 꽃이 져 가는 여름에는 턱을 조금 들고 걷는 게 즐겁다. 낮은 주택가에서는 이어지는 지붕을 따라서 고개를 흔들흔들. 높은 건물이 모인 곳에서는 빌딩 사이사이를 땅 파는 아이처럼 헤집고.

　야, 너는 악어를 닮았다. 이름을 뭐라고 지어 줄까. 악어는 멍멍이나 야옹이처럼 편히 부를 수 있는 이름이 없는데. 악악이로 할까 그럼. 성의가 없어 보이나. 멍멍이나 야옹이도 분명 처음엔 그렇게 지었을 거야. 둘은 우는 소리지만, 나는 악어가 어떻게 우는지 모르는걸. 왕왕이도 좋겠다. 입을 열었다 닫았다, 으왕 으왕. 안녕, 왕왕이.

　여름 구름과는 곧잘 이런 대화도 나눴지. 여름엔 솜사탕 같은 구름이 많아서 좋았다. 초등학교 앞 문구점에서 삼백 원이면 살수 있던 찰흙 덩어리 같았다. 비닐을 벗기고 손에 잔뜩 묻힌 채 붙이고 떼는 찰흙처럼 머릿속으로 조물조물. 당근을 든 토끼가 되기도 하고, 웅크려 잠든 고양이가 되기도 했다. 뭉실거리는 흰 구름은 내가 아는 모든 것이 될 수 있었다. 지루해지면 급할 것 없이 구름이 흘러가길 기다렸다가, 모양이 바뀌면 잽싸게 새 찰흙을 손에 묻혔다. 하늘을 보느라 목이 뻐근해도 그런 게 즐거웠지.

그때는 구름 속에도 사람이 살고 있을지 모른다고 상상했다. 사람이 아니어도 무엇이든. 아파트보다도 큰 구름이 멋대로 나타났다가 사라졌다가 하는 걸 보며 생각했다. 속에 그걸 조종하는 사람이 있는 건 아닐까. 나도 저기에 가 보고 싶다.

구름 속엔 아무도 살지 않는다는 걸 학교에서 배웠다. 뭉게구름이나 솜사탕, 이불 같은 구름 대신 다른 이름을 알게 됐다. 여름에 자주 생기는 커다랗고 폭신한 구름은 적운이나 적란운이라 부른다고. 급격한 기압차로 인한 상승기류로 높은 구름이 만들어진다는 걸 배웠다.

하지만 나는 여전히 그런 딱딱한 이름보다는 뭉게구름이 좋다. 소나기와 번개를 동반한 구름보다는 무언가가 살고 있을지도 모르는 구름이 좋고.

　새로이 배우거나 알아 간다는 건 즐거운 일이다. 하지만 '이미 알고 있음'이란 상태는 자주 나를 멈추게 하고 이따금 답답하게 한다. 모든 경험과 배움이 자신의 의지로 이루어진 건 아니라서.
　도화지에 점 하나만 찍혀도 그 점을 바라보게 되듯, 알고 있음 의 깊이와는 관계없다. 더 궁금해하지 않고 상상하지 않는다. 구름과 나를 둘러싼 여러 가지 그리고 어떤 일이나 사람도 마찬 가지로.
　그 상태는 일어나기도 전에 사람을 멈추게도 하고, 알지 못하 는 걸 멋대로 판단하게도 한다. 때로는 얇은 경험과 지식을 지 표로 살아가는 삶이 부끄러워질 때가 있다. 그래서 부지런히 공 부하고, 부지런히 잊으려 노력한다. 배운 것을 잊고 정의하지 않는 연습을 하고 싶다. 모른 채 살고 싶은 것이 있다. 그리고 모 른 체 살고 싶은 것이 있다.

　뜬구름 잡는다는 말을 처음 들었을 때는 누군가 알려 주기 전 까지 속으로 고민해야 했다. 구름을 잡아서 기분이 좋다는 말일 까 싶어서. 그만큼 멋진 일인가 해서. 내가 하는 말이 허무맹랑 한 것인지도, 뜬구름을 잡는다는 게 말이 안 되는 것인지도 몰랐던 때.

　그 말 들어 본 지 오래도 됐다. 뜬구름 잡는 소리란 말. 다시 뜬구름 잡는 소리를 할 수 있게 된다면, 그리고 누군가 나에게 그렇게 말한다면 그때는 꼭 "그렇지, 멋진 일이지?" 대답하고 싶다.

나의
플라타너스

하마터면 창문을 내리고 뭘 하는 거냐고 물어볼 뻔했다. 나는 노란 택시 안이었고 때마침 신호가 바뀌었다. 창밖으로 머리를 내밀고 물어볼 만한 위인도 못 되지만.

매일 걷던 성수 거리에서가 처음이었다. 2월, 그 거리에서 나던 첫 겨울. 집에서는 가까운 거리가 아니지만 매일같이 가야 하는, 매일 가고 싶은 곳. 대학동의 고시촌에서 출발해 20분 정도 버스를 탄 다음 서울대입구역에서 40분 정도를 더 가면 건대입구역이었다. 그리고 6번 출구로 나와 7분 정도를 곧장 걸어 내려오면 일하던 카페가 있었다.

'얼른 들어가서 따뜻한 라테 한 잔 내려 마셔야지.' 겉옷을 싸맨 채 몸을 움츠리고 걸어야 했던 겨울의 출근길. 그 7분 동안 보통 이런 생각을 했다. 하얀 생크림을 올린 핫초코를 마실까, 부드러운 거품을 가득 얹은 라테를 마실까. 그런데 그날은 고개를 숙이지 않고 오른쪽 대각선으로 고개를 들고 걸었다. 도로 위 2호선 전철이 지나가는 곳. 이쯤의 시야에 가로수 가지가 걸쳐야 하는데, 휑하다. 가을과 겨울 동안 낙엽을 떨구어 내고 남은, 바람을 쓸어 주는 빗처럼 남아 있던 촘촘한 가지가 없다. 아직 떨어지지 않은 낙엽도 있을 텐데. 높은 나무 꼭대기에서 시린 계절의 바람에도 끝끝내 매달려 있는 마른 잎을 보면서 희망이라는 간지러운 낱말을 떠올리기도 했는데.

낙엽도 가지도 없고 기둥만 남았다. 앙상하다기보다 아무것도 없다는 말이 어울리는 길에서 보낸 지난겨울은 유난히 추웠다. 그 겨울을 잊지 못하고 지내다가 '성수사거리 가로수' '가로수 종류' 따위를 검색해 그때서야 나무의 이름을 알았다.

봄이 오고 여름이 오고, 곳곳에서 가지가 돋아나고 손바닥만 한 잎사귀가 무더기로 자란다. 자주 가지 않는 강남에서 본 게 그다음이었다. 테헤란로의 가로수도 플라타너스였구나. 성수의 플라타너스는 이제 겨우 가지들이 뻗어 나고 있는데, 겨울을 나지 않기라도 한 듯 이곳의 가로수는 이미 가지가 많다.

추운 계절에 플라타너스의 가지를 모두 잘라 내는 건 기둥만

남게 해 따뜻한 계절에 나무의 키를 키우기 위해서란다. 그럼
이곳의 가로수는 이미 누군가 원하는 높이만큼 자라 있다는 걸
까. 앞으로는 가지가 잘리지 않아도 되는 걸까. 나무에 붙어 그
늘을 따라 걸어 본다. 내 가지들을 잘라 내고 혹 기둥만 남는다
면, 내가 가진 기둥은 어떤 걸까. 기둥만 높이 자라게 된다면 그
건 정말로 괜찮은 걸까.

"가지가 너무 뻗어 있으면 낙엽이 많아져서 겨울이 오기 전에
미리 잘라 놓는 거요."

굳은 표정으로 앉은 청년이 창문도 내리지 않고 몸을 돌려 눈
을 크게 뜨는 걸 보곤 택시 기사님이 말한다. 갑자기 무안해져
자세를 고쳐 앉고 내가 지켜봐 온 플라타너스를 말했다. 도로에
서 날을 보내는 기사님에게는 드물지 않은 풍경이라는 말을 들
었다. 짧은 대화가 멎고도 시간이 남아 인터넷에 검색해 본다.

겨울이 오기 전에 새파란 이파리가 팔랑거리는 생 나뭇가지를
잘라 내는 이유는 마른 낙엽이나 가지가 도로로 떨어지는 걸 막
기 위해서 그리고 사람이 원하는 나무의 모양을 오래 감상하기
위해서란다. 택시에서 내려 가려던 길 대신, 다듬어질 차례를
기다리는 가로수 그늘을 따라 걸었다. 길 위엔 저마다의 노을을
머금고 하루를 마치는 사람들이 분주하다.

사람이 원하는 나무의 모양.

그 자리에 심어진 순간부터 어떤 모습으로 자라야 할지 정해져 있다는 말이다. 불현듯 테헤란로의 플라타너스가 떠올랐다. 온 가지를 잘라 내며 키를 키우고 난 뒤에는 정해진 모습에 맞춰 살기 위해 매해 가지를 잘라 내야 하는구나. 싹을 틔우는 그만한 힘을 가지고도 옆의 나무와 엉키지 않기 위해서, 누군가에게 피해 주지 않기 위해서.

똑같은 과정으로 자라나 옆의 나무와 같은 모습으로 살아야 한다. 같은 옷을 입고, 같은 가방을 들고, 같은 구두를 신고, 같은 표정을 짓고. 이 도시에는 몇 그루의 플라타너스가 살고 있을까. 그들은 어떤 모습으로 자라나고 있을까. 저마다 다른 방향으로 뻗어 나던 가지가 있었을 텐데 그 가지는 무사할까. 잘리고 잘려도 전처럼 싹을 틔울 수 있을까.

다음번에는 숲에서 너를 만나고 싶다. 안녕 플라타너스.

장미의 절정

대문 앞에도 장미가 폈다. 지나치듯 걷던 골목을 거닐며 곳곳에 핀 장미를 담는 게 요즘의 낙이다. 장미 모양이 꼭 봄의 매듭같아 부지런히 걷는다. 셔츠를 팔꿈치까지 걷어 올리고, 옷장의 반을 차지한 외투의 거처를 고민한다.

눈길도 주지 않던 곳에서 익숙한 꽃이 피어나는 걸 보고 있자면 묘한 기분이 든다. 사람은 꽃을 한철로 기억하지만, 꽃나무는 한철을 살지 않는다. 꽃 피지 않은 나무에는 이름을 대기가 어렵다. 이런 생각을 하게 된 이후로는 나머지 것을 보게 됐다. 줄기와 잎사귀를 눈여겨보는 것은 사람을 보는 일과 닮았다. 그 사람이 무슨 사람인지 보기보다, 어떤 사람인지 생각하는 것.

장미가 어떤 모양으로 지는지 아는가.

꽃을 따는 데 아무 죄책감이 없던 때가 있었다. 축구공을 꺼내려 자동차 밑을 기어도, 옷이 더러워져도 괜찮던 때. 아파트 단지 아이들과 공을 차다 지치면 우리는 꽃을 따러 갔다.

"보라색에는 독이 있대."

어디서 주워들은지도 모르는 한 아이의 말을 모두가 철썩 믿었다. 같은 철쭉인 줄도 모르고 희고 붉은색만 골라 땄다. 따낸 꽃의 생식기를 덜어 내 바닥에 던지곤 꽁무니에 입을 대고 빨았다. 꿀이다, 꿀. 잠깐의 단맛을 느끼고 나면 손에 들린 꽃도 바닥으로. 꽃나무를 둘러싼 아이들의 호기심은 아파트 화단을 비우기도 했다.

화단에 듬성듬성 남은 철쭉마저 시들해지고 나면 아파트에 장미가 폈다. 아파트 단지와 밖의 도로를 구분하는 낮은 담. 탁한 연두색의 철제 담 사이로 계절이 고개를 내민다.

아이들은 화단에서 아파트 담으로 자리를 옮겼다. 장미 줄기의 가시를 떼어 콧등에 얹기도 하고, 꽃을 뜯어내 위로 던지기도 했다. 가시가 없어진 줄기를 잡고 꽃을 그러모아 투두둑. 툭 하고 한 번에 뜯어지는 철쭉과 달리 묘한 쾌감까지 느껴지는 소리. 덜 핀 꽃은 며칠을 더 기다렸다. 활짝 피지 않으면 잘 뜯기지 않으니까.

그땐 하늘에 흩날리며 떨어지는 모습이 장미의 일생 중 가장 아름다운 순간이라 생각했다. 흩뿌려지지 못하고 시들어 갈 장미를 위해서 혹은 찰나의 환희를 위해서, 아이들은 애써 핀 꽃의 모가지를 배덕감도 없이 꺾었다.

피워 낸다는 것은 눈에 띄게 되는 일이다. 그 자리에 꽃이 피길 기다리던 사람에게도 그리고 다른 계절을 어떻게 살아 냈는지 모르는 사람에게도. 아이들은 철쭉이 피어 화단에 모이고 장미가 피어 담벼락에 모인다. 꽃 이름으로 기억되는 식물은 꽃이 없을 때도 같은 자리에서 같은 이름으로 살아간다. 줄기를 뻗고 잎사귀를 만들며 존재한다. 그런데 그 삶을 모르는 인간이 분투한 일생의 절정을 단정 짓기도 한다.

피어 눈에 띈다는 것은, 그렇지 않을 때 눈에 들어오지 않는다는 말이 되기도 한다. 큰 관심이 있는 게 아니라면 평소에는 알기 어렵다. 길을 걷고 있는 지금도 마찬가지. 일상처럼 걷던 골목 곳곳이 붉어져 낯설다.

다만 이제는 꺾거나 흩뿌리지 않는다. 순수를 빙자한 무지가 이기심이 된다는 걸 안다. 그 자리에 잠깐 멈춰 눈에 담거나 카메라를 들어 사진으로 남겨 둔다. 어릴 적과 마찬가지로 나는 이 꽃들이 다른 계절 어떻게 살아왔는지 모른다. 그러니 멈췄던 걸음을 돌려 내가 걷던 길을 마저 걷는다. 장미가 지고 나서의 장미를 담으려 낙화를 기다린다.

저마다의
시간

드르르륵, 드르륵.

침대에 누워 방에 하나 붙은 창을 올려다본다. 내 방의 창이 하는 역할은 몇 가지 없다. 바로 길 건너에 있는 비슷한 높이의 독서실 건물 탓에 조망은 처음부터 바라지 않았다. 몇 달 전부터는 독서실 건물을 원룸으로 개조한다고 아침부터 공사 소리가 귀를 찌른다. 드르륵, 드르륵. 문제는 잠에 들려 하거나 막 잠들었을 때 그 소리가 시작된다는 거다.

창으로 동녘의 뜨는 햇빛이나 공사 소리가 들어오면 굳은 몸을 일으켜 창을 닫는다. 갈색 블라인드로는 가려지지 않는 햇살이 눈두덩이 위로 내려앉는다. 끝내는 팔을 두 눈 위에 올리고 잠을 청한다. 책을 읽거나 글을 쓰며 보내는 새벽을 좋아하지만, 잠드는 시각이 늦어지는 날에는 늘 이 시간이 못마땅하다.

빛이 들고 다른 이의 하루가 시작되는 소리가 들려오면 잘못이라도 하는 기분이다. 잘 살고 있는 걸까. 밝지 않던 시간을 채운 생각과 글자가 있었음에도 움츠러든다.

저 의미 없는 블라인드를 떼고 암막 커튼을 사다 걸까 생각도 했다. 하지만 그것도 창틀에 걸치도록 설치된 에어컨을 보곤 포기했다. 에어컨 때문에 블라인드는 창에서 족히 한 뼘은 떨어진 자리에 있었다. 그걸 떼고 커튼을 걸어 봤자 제 역할을 하지 못할 게 뻔했다.

"여기서 날이 밝는 걸 몇 년이나 더 봐야 하는 거야."

"아직 2년도 더 남았으니까 생각도 마."

그날의 과제를 마무리하고 나면 친구 녀석들과 담배를 한 개비씩 폈다. 과 건물 5층, 피난 용도로 지어진 옥외 계단에 모여 이야기를 주고받았다. 멀찍이 학교 서문과 주변의 건물 위로, 건너편의 해가 물들이는 하늘을 보는 게 하루의 마지막이었다.

건축학과가 있는 공대 12호관을 찾으려면 새벽까지 불이 꺼지지 않은 건물을 찾으면 된다는 말도 있었다. 학교 다닐 땐 그걸 자랑스럽게도 생각했는데. 나는 개중에서도 썩 밤을 잘 새는 학생이었다. 커피나 에너지 음료를 컴퓨터 옆에 쌓아 두지 않고도 아침까지 모형을 만들고 도면을 그렸다.

지친 몸으로 건물을 나설 때 뻑뻑하게 마른 눈을 비집고 들어오던 햇살의 질감을 기억한다. 1교시도 시작하기 전, 아무도 없는 학교에서 얼굴을 찡그리며 집으로 돌아가는 길이 나쁘지만은 않았다.

며칠 전에는 생활용품점을 두리번거리다 '암막 필름'을 찾아냈다. 봉의 형태로 말려 포장된 비닐 안쪽 구석에 붙은 설명지를 본다. 물을 조금 뿌려 창에 붙이는 방식이라 자국이 남지 않는다는 말에 혹하고 말았다. 가로 60에 세로 140 크기면 하나로는 창 두 개에 부족하겠지. 물티슈를 사야 한다는 것도 잊고, 놀이터에서 대단한 것이라도 발견한 아이처럼 그곳을 뛰쳐나와 한달음에 집으로 돌아왔다.

가방을 던져 놓고 포장을 뜯어 얼른 창에 대어 본다. 예상대로 필름지 하나가 창 하나에 조금 넘친다. 그걸 내가 아직 가지고 있을까. 서랍을 뒤져 30센티짜리 쇠 자와 제도용 칼을 찾아냈다. A1 크기의 모형 재료를 자를 때 쓰던 것. 창에 모서리를 맞춘 뒤 연필로 재단한 필름을 바닥에 깐다. 오랜만에 느껴 보는 쇠 자의 차갑고 미끄러운 감촉이 여전히 익숙하다. 바닥에 상처가 나지 않도록 칼을 쥔 손가락 끝의 힘으로만 자를 따라 그었다.

차오르는 어스름을 걱정하지 않고 책을 읽게 됐다. 언제 잠들고 일어나도 눈을 부시게 하는 해가 없다. 이제는 밖에서의 일과를 마치고 책상 앞에 앉아 노트북을 펼 때나 책 한 권을 들고 침대에 눕기 전에 창을 먼저 닫는다. 창의 색이 변한다고 얼굴을 찡그리며 초조해하지 않아도 되는 요즘은 전보다 더 이른 시간에 잠에서 깬다. 하루의 첫 해를 머리 위에서 맞이하며 생각한다. 밝아 오는 하늘을 보며 함께 넋두리를 뱉어 줄 친구는 이제 곁에 없지만, 나는 창밖의 사람과 시차가 있는 삶을 살 뿐이라고. 때 지난 점심이 하루의 첫 끼가 되는 게 부끄러운 삶은 아니라고.

흐트러져
아름답기를

  이게 사람 사는 집인가. 짜증이 치밀어 오른다. 며칠 정도 중심을 잃고 정신없이 지내다 보면 꼭 이런 모양이다. 벗어 놓은 옷가지와 별별 물건이 엉킨 모습에 한숨이 나온다. 이런 날은 하루를 마음에게 양보한다. 쌓인 집안일을 하고 깨끗한 책상 앞에 앉아 일기를 쓴다. 시간이 얼마가 걸리든, 오늘은 마음을 청소하는 날이다.

  바닥을 덮은 잡동사니를 깡그리 치우고, 가득 찬 쓰레기 봉투를 묶고, 빨래통과 싱크대를 비우면 큼지막한 일은 끝난다. 책상이나 이불, 화장대 그리고 자잘한 소품을 정리하는 게 다음이다. 몸을 크게 움직이지 않아도 되지만 오히려 시간이 더 걸리기도 하는 일들. 기둥을 베는 것보다 가지치기하는 게 더 오랜 시간이 걸리는 것처럼.

테이블 위에 올려 둔 책더미를 품에 안았다. 원래는 방 한쪽에 쌓아 둔 것인데, 모래성처럼 무너져 있어 청소기를 돌리느라 치워 뒀다. 방에 책장이 없어 책을 보관할 공간이 마땅치 않았고, 바닥에 놓인 책이 방과 꽤 잘 어울려 그렇게 됐다. 함께 사는 식구 마음이가 자꾸 무너뜨리는 게 흠이긴 하지만, 책 몇 권 쌓는 게 그리 힘든 일은 아니니 새로 쌓으면 그만이다.

평소대로 바닥에 책을 놓고 쌓아 올린다. 비슷한 크기의 책들이 층수를 더해 간다. 반듯하게. 몇 번 무너져도 몇 번이나 새로 쌓는 이 책 탑은 매번 어색하다. 직사각형의 콘크리트 건물 같은 모습이 인위적으로 느껴진다. 위의 몇 권을 비스듬하게 얹는다. 이 편이 좀 더 자연스럽다.

"내가 없는 곳에서라도 누군가 나를 미워하고 있다는 생각을 하면 참을 수 없을 만큼 힘듭니다."

5년 전의 나는 처음으로 이 말을 입 밖에 내었다. 나조차도 놀랐던 말.

발이 얼어도 발가락을 비빌 수 없는 전투화를 신고, 강 건너를 바라보며 몇 시간을 서 있을 때다. 끽해 봐야 나보다 한두 살 많은 몇 달 먼저 입대한 선임을 하늘같이 생각하던 신출내기 군인. 그리고 아직은 대화가 낯선 이십 대 초반의 어린 남자가 그곳에 있다.

빛이 없는 곳에서는 옆 사람도 제대로 보이지 않는 작은 초소. 바람에 흔들리는 수풀 소리와 바다에 닿기 직전의 물 냄새가 나는 곳이었다. 두 사람이 한 조가 되어 서너 시간을 서 있어야 하는 그곳에서 나는 입을 떼기 시작했다. 나라는 사람과 내가 겪은 것과 생각을 말로 표현하는 법을 배웠다. 그 시절 나는 형태가 잡혀 굳어 가는 나 자신을 그제야 알아 가는 중이었다.

그날도 처음 언어를 배운 사람처럼 뱉은 말을 공책에 적었다. 샤프를 쥐고 짙은 녹색의 딱딱한 매트리스 위에 앉아, 나는 이런 생각을 하며 살아왔었구나.

누구에게도 미움받고 싶지 않았다. 적어도 더 이상은. 완전무결한 사람, 누구나 좋아하는 사람. 그게 이상적인 모습이라고 생각했다. 생활관에 각이 잡혀 개켜진 모포와 포단처럼 '오와 열'을 외치며 눈에 보이는 것을 모두 반듯하게 놓아야 한다고 생각했다. 그게 내가 생각하는 '정리'였고, 나라는 인간도 예외는 아니었다.

격자로 짜 맞추어진 틀에 나를 끼워 넣고 살았다. 보여지기 위해 정리된 모습은 깔끔하기 그지없었다. 열심히 웃었고 반듯하게 보이기 위해 노력했다. 구태여 하지 않아도 되는 말은 입 밖

흐트러져 아름다울 때가 있다.
나름의 순결을 가지고 자신만의 모양으로
흐트러질 줄 아는 것은 아름답다.

으로 내지 않았다. 누구에게나 과하지도 부족하지도 않았다. 꼭 만들어진 사람같이.

하지만 정리란 보이는 것을 나란히 정렬하는 게 아니었다. 내 살림살이를 내다 버려 가며 비우는 건 더더욱 아니었고. 질서가 없는 것에 질서를 부여하는 것뿐이었다.

마찬가지로 '흐트러짐' 또한 단순히 무질서를 뜻하지만은 않는다. 비스듬하게 놓여 더 자연스러운 방 한구석의 책들처럼. 침대 위에 반듯이 펴져 있으면서도 주름진 이불. 원래가 그런 모양인 양 일그러져 굳은 촛대 위의 양초. 어질러진 것 같지만 매번 같은 자리에 두는 물건들도.

흐트러져 아름다울 때가 있다.

나름의 균형을 가지고 자신만의 모양으로 흐트러질 줄 아는 것은 아름답다.

밥 짓는 냄새

요즘은 세상에 없는 사람처럼 지내는 연습을 한다. 잘하기 위함이기도 하고 익숙해지기 위함이기도 하다. 4할의 자의와 6할의 의도치 않음으로 하는 연습. 혼자서 무언가를 하려고 해도 사람이 있는 곳으로 가야 하던 때가 있었다. 도서관이나 카페에 가서 사람 소리를 듣고, 멀리서 구경을 했다.

며칠 전부턴 라디오를 듣기 시작했다. 나갈 계획이 없는 날에는 아침에 깨고 밤에 잠이 들 때까지 라디오를 듣는다. 아침에는 하루를 열고, 점심엔 끼니를 물으며, 저녁엔 바깥의 소식을 들려주고, 밤에는 잠에 드는 걸 도와준다. 사람이 없는 방에도 사람 소리가 끊이지 않는다.

"다녀왔습니다."

잠에서 덜 깬 눈을 하고 슬금슬금 마중 나온 고양이에게 인사를 한다. 집 앞 헬스장에 다녀오는 건 몇 안 되는 고정 일과다. 운동하고 집에 돌아와 라디오 앱을 켜고 블루투스 스피커에 연결하는 게 습관이 됐다. 이름은 모르는 두 사람의 이야기를 들으며 방 정리를 한다(무엇을 하지 않아도 방은 매일 어질러져 있다).

옷을 개고, 바닥에 있는 물건의 자리를 되찾아 준다. 내가 어질렀는지 고양이의 짓인지는 모르겠다. 같이 사는 처지에 뭘 그런 걸 따지나. 설거지를 끝내고 소파에 앉아 테이블에 놓인 책을 집었다. 《낙하하는 저녁》. 서점에 들렀다가 제목이 마음에 들어서 샀다.

조용한 분위기의 일본 소설. 저녁이 떨어질 때의 소리 없는 격앙과 저녁이라는 단어가 가져다주는 차분함이 좋다. 혼자 소파에 앉아 타인의 사랑 이야기를 읽는다. 미지근한 바람이 살에 닿고, 옆에서는 고양이가 제 몸을 핥는다. 하루에도 몇 번씩 잊지 않고 몸을 닦는다. 세상에 무심한 표정을 하고선 이런 부분에선 썩 열심이다.

저녁을 차릴까. 밖은 대낮인데 벌써 저녁 시간이란다. 어쩌지 잠깐 고민하다, 배가 고프지 않아 미루기로 했다. 계절이 넘어가는 이맘때쯤의 여섯 시는 기분이 미묘해지는 시각이다. 직장인이 하루를 마치기 시작하는데도 아직 해가 떨어지지 않은 저녁. 노을이 질 기미도 보이지 않는다.

'해가 지면 집으로 돌아가야 하는 아이들에게는 좋은 계절일지도 모르겠네.'

그러고 보니 지금 사는 집 주변에는 아이들이 많다. 도서관만 가도 허리께에 겨우 오는 아이들이 한가득이다. 근처에 학교가 있어 아이들이 등하교하는 모습도 매일같이 본다. 아무래도 우리 집 앞길도 등굣길 코스인가 보다. 물론 그 아이들이 해가 진다고 재깍재깍 집에 들어갈 일은 잘 없을 테지만. 학원에 가려나, 아니면 피시방 같은 델 가려나.

밤은 어른들에게만 허락된 시간처럼 느껴진 때가 있었는데. 아침에 일어나 학교에 가고, 친구들과 놀고 하루를 마치고, 여섯 시쯤 집에 돌아와 저녁을 먹고, 열 시가 되기도 전에 어김없이 잠들던 때.

잠들지 않으려고 티비 앞에서 안간힘으로 눈을 부릅뜨고 있던 적도 있다. 어김없이 고꾸라져 잠들고 말았지만. 그때의 나를 만날 수 있다면 밤에 대해서 뭐라고 이야기해 줄까. 밤에는 많은 일이 일어난다고, 네가 이해하지 못할 일들도 아주 많이. 따분하리만큼, 어쩌면 슬퍼질 만큼 적막하기도 하다고. 웃음이 멈추지 않거나 진절머리가 날 만큼 소란스럽기도 하다고. 이렇기도 저렇기도 하지만, 네가 정말 아끼는 시간이 될 거라고. 다만 지금의 네가 가진 낮과 저녁을 그리워하게 될지도 모른다고. 그렇게 말할까.

막상 만나게 된다면, "웃으면서 살았으면 좋겠다" 하며 머리나 쓰다듬을 게 분명하지만.

하품하는 고양이를 어루만지며 책장을 넘기려는데 맛있는 냄새가 난다. 김치찌개 냄새. 돼지고기도 썰어 넣었을까. 참치보단 그게 좋은데. 두부도 넣었으면 좋겠다. 아직 해가 지지 않았는데도 저녁을 차려 먹는 집. 식구가 있고 라디오를 켜지 않아도 말소리가 들리는 집이겠지. 막 퇴근한 어머니나 아버지가 있거나, 친구들과 내일을 약속하고 돌아온 아이가 있을지도 모르지. 더운 계절에는 주택가의 밥 짓는 냄새가 더 멀리까지 난다. 무신경한 마음을 배고프게 한다.

메리 크리스마스

어떤 게 먼저의 기억인지는 모르겠어요. 유치원 강당에서 빨간 부직포와 솜뭉치로 치장한 산타에게 달려가서 미니카를 받아 오던 거였을까요. 아직 안방에서 부모님과 함께 자던 어린 나이에 커다란 레고 상자를 머리맡에 놓아두는 아버지를 모른 척하며 입꼬리를 꾹 누르던 거였을까요.

거리가 쌀쌀해지는 11월이면 벌써 캐럴이 흘러나오고 휑하던 나무가 옷을 입기 시작해요. 하얗고 노란 전구로 반짝반짝. 나는 종교도 없으면서 그때부터 가슴 떨리곤 해요. 이번 크리스마스에는 눈이 올까 같은 상상을 하면서요.

어쩌다 사람들은 크리스마스를 기다리게 됐을까요? 따지자면 종교 기념일이잖아요. 어려서부터 보던 만화나 영화 때문일까요? 아니면 그때 받았던 반짝이 포장지로 감싸진 기억의 연장

선일까요. 세상이 먼저 들떠 한 달도 전부터 미리미리 준비하지 않았더라면 나도 이만큼은 들뜨지 않았으려나 싶기도 해요.

유난히 하루가 버겁던 날에 거리를 보면 이상한 기분마저 들어요. 연말 분위기를 뽐내며 빛을 내는 가로수 아래로 몸을 한껏 움츠리고 걷는 사람을 보면 그 빨간 날 하나가 보통의 날들을 끌어 주는 기분까지 들지 뭐예요. 아, 그래도 이제 곧 연말이지 하면서요.

친구가 그러던걸요. 무언가 끝나는 것 같아서 크리스마스가 싫다고. 내가 거기다 대고 뭐라고 했는 줄 알아요? 글 써 먹고 산다는 사람이 "그래도 끝나고 난 다음은 시작이잖아"래요. 참 웃기지도 않아요. 성탄절을 싫어하지만은 않아서 무슨 말이라도 하고 싶었나 봐요. 그런데 돌아오는 대답에 말문이 막혀 버렸어요.

"나는 그 끝나고 시작하는 게 싫다는 말이야."

그제야 아, 그럴 수도 있구나 했어요. 해가 지나가고 돌아오는 건 내가 어쩔 수 있는 일이 아니지만, 친구가 무슨 말을 하는지는 알 것 같았어요.

나도 알아요. 알면서도 모르는 척하는 걸지도요. 두 달 가까이 설레서 막상 그날이 다가오면 곧잘 허무함에 빠지고는 했으니까요. 조금 다를 것뿐인 보통의 날이라는 것도 알아요. 내일이면 거리의 노래가 다시 가요로 바뀌고 장식들이 떼어질 걸 알아요. 그런데도 괜히 한번 전화를 걸어 보는 거예요. 연말이잖아 하며 쭈뼛쭈뼛 안부를 물어보기도 하고, 괜히 케이크라도 하나 사 보는 거예요..

　실은 다들 알면서 모르는 척하는 건 아닐까요? 오전 열한 시까지만 해도 어떤 이가 묵었을 방이 오후 세 시에는 새햐얀 꼴로 새것처럼 아양을 부리듯이. 성탄절도 연말도 지나가면 그놈의 '해피 뉴 이어'가 씰룩씰룩 다가오겠지만, 모르는 척해 주는 거예요. 그래도 끝나고 나면 다음은 시작이니까 하면서요.
　그 김에 조금은 아쉬워도 해 보고요, 다가올 날들에 설레 보기도 하고요. 지나온 날들을 갈무리하며 새로운 다짐도 하고요. 또 그걸 핑계 삼아 안부라도 한 번 더 물어보는 게 아닐까요?
　자, 그럼 다를 것 없는 새해가 또 오겠지만 모른 척해 주기로 해요. 눈감고 다시 새것처럼 시작해 보자고.

　메리 크리스마스! 앤 해피 뉴 이어!

버려진 게
아니고

 고향에는 폐건물이 하나 있어요. 다들 폐건물이라고 부르지만 실은 '미완'의 건물입니다. 버려진 게 아니고 아직 다 지어지지 못한 거예요. 근처를 지날 땐 시선을 줄 수밖에 없을 정도의 높이입니다. 꼭대기 층까지 지어졌지만 페인트칠 하나 되지 않았고, 개구부가 있지만 창문 하나 없는 콘크리트 구조물이에요. 아래에서 올려다보면 으스스한 기분까지 들어요.

 건물을 지으려던 회사가 도중에 부도가 났다나. 그런데 지어놓은 건물을 철거하자니 또 돈이 많이 들어서 오랜 시간 공사가 멈춘 채로 그대로인 거래요. 우리 가족은 차를 타고 그 도로를 지날 때마다 의견을 나눴답니다.

 "뭐였을까요? 무슨 건물일까요?"

 "생긴 게 아파트 같은데? 상가처럼 생기기도 했고."

"속이 텅텅 비었네."

고등학교에 다니기 시작한 후로 그 도로를 지나다니며 건물을 보게 된 건데, 알고 보니 몇 년도 전부터 그 자리에 있었대요.

매번 코너를 돌고 시야에서 사라질 때까지 눈을 떼지 못했어요. 가설 펜스가 쳐진 사람 하나 없는 공사 현장. 속이 텅 빈 채 허여멀건 콘크리트를 다 드러낸 건물. 무서워 보이기도 조금은 쓸쓸해 보이기도 했던 것 같아요.

며칠 전에는 고향에 다녀왔어요. 잊고 살았는데 그대로 있더라고요, 그 건물. 십 년이 넘었는데도 아직 그 자리에 있어요. 세월이 묻어 낡아 보이기까지 합니다. 그동안 여러 해의 비바람을 견뎠겠죠.

이렇게 보니 어디 가지 않고 그 자리에 버티고 있는 것 같기도 합니다. 기다리면 다시 찾아올 거라고 굳게 믿는 것 같아요. 원래의 주인도 나처럼 잊고 사는 걸까요. 그럴 리도 없겠지만, 그렇지는 않았으면 좋겠는데.

스스로는 알겠죠. 아파트가 될지, 백화점이나 상가가 될지. 아무도 모르지만 저는 알겠죠. 터를 파고 땅을 다질 때부터 이미 다 정해졌을 테니까요. 무엇이 될지도, 어떤 색으로 칠해질지도 다 정해져 있는 겁니다. 어쩌면 그걸 알아서 기다릴 수 있는 걸까요.

이미 지어진 것은 쉬이 허물지 못한다는 게 꼭 마음을 닮았습니다. 무엇이 되지 못한 어떤 마음을 닮았습니다.

허물어지지도 지어지지도 못하는 마음은 색을 가지지도, 무엇이라고 불리지도 못하면서 그 자리에 있습니다. 오래 지어지지 않는, 무엇이 되었을, 무엇이 될 마음이 있습니다.

나는 모르지만 저는 알겠죠.

실은
살구였을지도 모른다

집에 오는 길에 큰맘 먹고 살구 한 소쿠리를 샀다. 그래 봤자 작은 살구 열 알이 조금 넘는데, 오천 원이라는 가격에 큰맘을 먹을 수밖에 없었다. 정해진 금액으로 과일을 조금 사려고 하면 무게 대비 가격을 따져 보게 되는데 살구는 개중 꽤 비싼 축에 속한다.

얼마 전, 집으로 돌아오는 길에 마트에서 살구 파는 걸 보고 신기해하다, 너무 비싼 것 같아 시장 갈 일이 있으면 그때 사자 하고 지나쳤다. 그런데 시장에서도 가격이 별반 차이가 없는 거다. 눈대중으로 봤을 때 알맹이가 몇 알 더 든 것 같아 그냥 사기로 했다.

"젊은 총각이 살구를 다 사 가네" 하시기에 "좋아하는 과일이라서요" 대답했다.

여태 살구를 돈 주고 사 먹은 적이 없기는 했다. 고향집에 살 때도 어머니가 사다 주시던 과일 중에 살구는 없었다. 여름엔 자두나 복숭아를 주로 먹었다. 나는 물이 많고 새콤달콤한 여름 과일을 참 좋아했다. 잘 익은 자두나 복숭아를 한입 가득 베어 물고, 침인지 과일즙인지 모를 것이 줄줄 흘러도 반대편 손으로 연신 닦아 내며 씹던 기억이 난다. 하지만 살구를 먹은 기억은 다섯 손가락에 꼽을 만큼 많지 않다.

그런데도 살구는 좋아하는 과일이 맞다. 유년기를 보낸 아파트 단지(철쭉과 장미가 피던)의 주차장 구석에는 파란 열매가 열리는 나무 한 그루가 있었다. 동글동글하고 싱그러워 보이는 열매였다. 무엇이든 꼭 입에 대 보고야 직성이 풀리는 아이들은 사이좋게 하나씩 따서 입에 넣었다.

하지만 베어 문 열매를 어금니로 옮겨 씹어 보지도 못하고 에 퉤퉤 뱉고 말았다. 떫고 시기만 했다. 아이들은 한 입 만에 그 열매는 먹을 것이 아니라 생각했다. 치아 자국이 난 열매를 서로에게 던지고 놀았다. 딱딱한 열매를 맞고 팔에 멍이 든 아이도 있었고, 새 발견을 기념으로 집에 들고 간 아이도 있었다.

얼마 지나지 않아 그 나무 앞에 단지의 어른들이 모였다. 어른들은 그 맛없는 열매를 따서 청이나 장아찌를 만들 거라고 했다. 이름이 매실이라고 했다. 모든 게 새롭고 관심이 쉽게 옮겨

다니는 나이의 아이들은 더 이상 그 나무에 관심을 가지지 않았다. 나도 마찬가지였다. 그렇게 몇 해가 지났다. 주차장에서 만나 뛰어노는 것보다 재미있는 혹은 중요한 일들이 하나씩 생기기 시작했다.

 우리 집은 406호여서 단지의 가장 오른쪽에 있었는데, 그 나무는 제일 왼편인 1·2호 라인 쪽 주차장에 있었다. 단지에 들어와도 그 나무 가까이에 갈 일은 딱히 없었다는 말이다. 파랗고 단단한 열매가 열린 걸 알아도 던지고 놀지는 않았을 테지만.
 함께 학교에 다니던 아파트 친구를 만나려고 그 앞에 간 거였다. 처음 보는 과일이 보도 블럭까지 굴러떨어져 짓밟혀 있었다. 어디서 온 걸까. 고개를 들어 단지의 나무를 헤집었더니 코앞의 나무에 열매가 가득 열렸다. 파란 열매가 맺힌 잊고 지내던 나무. 손이 닿는 곳에 열린 열매를 따서 씹었다. 혹시나 또 시고 떫을까 봐 아랫입술을 당기고 혀를 안으로 말아 넣고서. 입에서 복숭아 맛과 자두 맛이 함께 났다. 복숭아만큼 달콤하지도 자두만큼 새콤하지도 않았지만, 나는 마치 커다란 비밀을 밝혀낸 것만 같았다. 거들떠보지도 않던 나무가 사실 먹을 수 있는 열매가 열리는 나무였다니!
 가족에게도 알려야겠다 싶어 팔이 닿는 높이의 열매를 모조리

땄다. 4층 높이 계단을 단숨에 뛰어올라 내 발견을 알렸다. 엄마는 내게 살구가 어디서 다 났냐고 되물었다. 아파트 단지 어른들이 매실인 줄 알았던 나무는 사실 살구나무였던 거다.

스무 살, 대학에서의 기억이 그다음이다. 지금도 그렇고 그때도 물론 살구나무가 어떻게 생긴지는 몰랐다. 여자친구와 이야기하며 걷는데 못 보던 나무에 주황색 열매가 듬성듬성 보여 다가갔다. "살구, 먹어 본 적 있어?" 어떻게 생긴지도 모른다고 했다. 대답을 기다렸다는 듯 쏜살같이 가방을 내동댕이치고 언덕을 올랐다. 나무를 힘껏 흔들었더니 살구 몇 알이 굴러떨어졌다. 흙이 많이 묻어 먹지는 못할 것 같아 까치발을 들어 살구 세 알을 겨우 땄다.

정성스레 닦아서 한 알을 건넸더니 조심스레 베어 물고는 맑게 웃었다. "이거 맛있다." 그 모습에 덩달아 기뻐 손에 쥔 살구 한 알을 마저 건넸다.

얼마 전엔 봄에 핀 매화를 찍던 거리를 다시 걷다가 나무에 파란 열매가 열린 걸 보고 사진에 담았다. 매실이 참 많이도 열렸다, 하면서. 그건 정말 매실이었을까. 까만 비닐봉지에서 살구 몇 알을 씻어 접시에 담았다. 칼을 댈 것도 없이 손에 쥐고 베어 물었다. 밋밋하고 어설픈 맛이 났다. 다 익었는데도 덜 익은 것 같은 맛.

　잘 익은 살구를 반으로 가르면 내가 잊고 살던 것의 냄새가 난다. 설익고 풋내 나는 내가 그 속에 산다. 분명 그랬던 나여서 맛보고 겪을 수 있는 게 있었다. 시간이 지나면서 매실인지 살구인지 알지도 못한 채 흘려보내는 게 많아졌다. 시지도 달지도 않은 살구를 우물우물 씹으며 생각한다. 어쩌면 생각보다 많은 것이 실은 살구였을지도 모른다고.

멈추어
설 수 있는

'아름다운 것은 언젠가 내게서 떠나간다.'

처음 이 말을 했던 사람은 아마 지독히도 겁이 많은 사람이 아닐까.

원래도 잠에 들고 깨는 시간이 일정치 않지만, 오늘 같은 날은 아무래도 힘들다. 7시에는 침대에서 일어나야 했는데 그 두 시간 전까지도 잠들지 못했다. 결국에 일정보다 미리 일어나 청소와 샤워를 한다. 쏟아지는 졸음에도 평소보다 신경 써 내 몸과 머무는 곳을 정돈했다. 오늘은 어디론가 떠나는 날이다.

"정현아, 안동 갈 건데 같이 갈래?"

동료 작가이자 친한 형의 말에 갑작스레 결정된 안동행. 강을 보러 가겠냐는 물음에 바로 기차와 차편을 예약했다. 계획도 없었다. 정해진 건 떠나고 돌아오는 차편과 하루 머물 숙소가 다였다. 그곳에 뭐가 있는지도 잘 모른다. 안동에 가 본 건 스무 살때였나, 처음 떠난 기차여행에서다. 바빴던 일정 탓인지 지나간세월 탓인지 시장에서 찜닭을 먹은 기억뿐이다. 티비 프로그램에 방영됐다고 현수막을 크게 내건 작은 식당. 거기 맛있었는데.

잠깐 멈춰 서고 싶었을까. 처음부터 장소는 그다지 중요하지않았을지도 모른다. 내달리는 사람은 옆을 볼 수 없으니 잠깐만멈추어 서 보자고. 집 앞 역에서 만난 형도 상황이 크게 다르지않았다. 겨우 두 시간을 자고 나왔단다. 나란히 지하철 손잡이를 잡고 졸며 기차역에 도착했다. 어묵과 꼬마김밥으로 간신히배를 채운 우리에게 무궁화호의 좁은 좌석은 더없이 아늑한 잠자리였다.

눈을 뜰 때마다 기찻길 옆으로 쪼르르 핀 개나리가 보인다. 꿈대신 얕은 잠에 색을 입힌다. 꿈 없이도 꿈속에 있는 기분이다.

정말 꿈이었을까. 기차에서 내리자마자 올려다본 하늘이 파랗다. 잠깐의 노란 꿈이 나를 다른 세상에 데려다 놓은 것 같았다. 겹쳐 입은 옷가지가 무색할 만큼 따스했다. 우리가 머물 곳은 400년이 넘은 고택이었는데, 어지간히도 깊은 산중에 있어차를 타고 한 시간은 더 가야 했다. 차에 타기 전, 술상 차릴 것

걷다 걷다 아름다운 것 앞에서
멈추어 설 수 있는 정오의 여유.
딱 그만큼의 용기.
나에게는 내가 꿈꾸는 삶과 세상이 있고
쪽도 있다. 그래서 잠깐 멈추어 설 때
너무 두려워하지 않아도 된다.

을 좀 샀다. 안동 소주와 편의점의 자질구레한 먹을거리. 내일은 내일의 일이 있어 해가 뜨기도 전에 떠나야 하지만 안동까지 와서 안동 소주를 먹지 않을 수는 없는 노릇. 그마저도 하지 못한다면 참 가여운 삶이 아닌가.

미리 빌려 둔 차를 타고 산길로 들어섰다. 금방이라도 다시 잠들 것 같았지만 옆에서 운전대를 잡고 있는 형도 다를 게 없겠지. 노래를 크게 틀고 따라 불렀다. 반쯤 뜬 눈으로 창 건너를 본다. 산중으로 들어가는 도로는 왜 그리도 사랑스러운지. 아침부터 연신 피곤하다던 두 사람이 15분 간격으로 차를 세운다. 굽이 흐르는 강과 아직 다 피지도 않은 꽃나무를 담으려고. 산의 굴곡을 따라 난 도로가 구불구불했지만 그 덕에 더 많은 풍경을 담았다.

우리에게 잠보다 필요한 건 주변을 바라볼 수 있는 시간이었을까.

나는 다시 일상으로 돌아가야겠지만, 그 정도의 여유만 가지고 살아가고 싶다. 걷다 걷다 아름다운 것 앞에서 멈추어 설 수 있을 정도의 여유.

그리고 딱 그만큼의 용기. 소유하거나 영영 머무르자는 게 아니다. 나는 그만큼의 욕심도 없는 사람 혹은 그만큼 용감하지 않은 사람이라서. 그러니 딱 그만큼의 용기라도 있었으면 한다. 잠깐 멈추어 눈에 담을 수 있을 만큼만. 내가 멈춘다고 세상도 함께 멈추지는 않지만, 꼭 허덕이며 세상을 따라가야 할 필요는 없지 않은가. 나에게는 내가 끌어온 삶과 세상이 있고 속도가 있다. 그러니 잠깐 멈추어 설 때 너무 두려워하지 않아도 된다.

노을 앞에서 휴대폰 카메라를 들 때, 오래 걷느라 헐거워진 신발 끈을 조일 때 말없이 곁에 머물러 주는 사람이 있지 않은가. 아무 말 없다가도 이렇게 함께 떠나 강을 바라보는 사람이 있지 않은가. 새벽잠 줄여 가며 술잔 기울여 주는 사람 하나 있지 않은가.

어쩌면
보금자리

　이른 점심을 먹고 방을 보러 나왔다. 오늘로 꼬박 나흘째. 하루에 네다섯 개, 많게는 여덟 개 정도의 방을 보러 돌아다녔다. 집주인이나 부동산 중개사가 마중 나와 문을 열어 주면 나는 누군가의 보금자리였던 곳에 발을 딛는다. 집 안 곳곳을 살핀다. 방이 너무 낡지는 않았는지, 창의 방향은 괜찮은지, 가전제품은 뭘 사야 하는지. 속으로 저울질하며 고민해 볼 만한 방은 사진을 찍어 둔다.

　이렇게 며칠째 하늘이 어두워질 때까지 방을 보고 있는데도 썩 마음에 차는 방이 없다. 이번에는 꼭 방이 두 개인 곳으로 가고 싶었다. 스무 살부터 고향에서 멀어져 혼자 지냈지만 늘 단칸방에서 살았다. 게다가 나는 집에 있는 시간이 긴 사람인데, 서울에서 2년간 지낸 방은 답답할 정도로 좁았다. 그러다 보니 하얀 천을 깔아 치장하고 초를 켜도 좀처럼 애착이 가질 않았다. 나름대로 아늑해졌지만, 끝까지 사랑스럽지는 못했다.

조건이 까다로운 탓도 있었지만, 방 수십 개를 보고도 아직 계약을 못한 이유는 머릿속을 떠나지 않는 방 하나가 있어서였다. 이사할 방을 보기로 한 첫날에 찍은, 휴대폰 사진첩의 방 사진 중 가장 위에 있는 하얗고 밝은 방.

"이 가격에 이만한 방이 없어요. 몇 분이 보고 갔는데 다들 마음에 들어 하는 눈치더라고요."

어느 중개사나 하는, 사람 마음을 들썩이게 하는 말이라고 생각했다. 방이 마음에 들기는 했다. 건물 자체는 연식이 있어 보였지만, 낡은 나무틀을 새로 페인트칠하고 도배와 장판을 새로 해 하얗고 깔끔한 집. 크기가 비슷한 방 두 개와 부엌이 딸린 작은 거실. 거실과 방 하나에는 남향의 넓은 창이 있어 해가 잘 들었다. 방을 세 개쯤 봤지만 처음으로 휴대폰을 꺼내 사진을 찍었다.

하지만 이 회 첫날이라 신중해질 수밖에 없었다. 주변에 부동산이 몇 개 있던 걸 기억하고 두 군데를 들러 방 여섯 개를 더 봤다. 같은 가격이었는데도 폭삭 쓰러질 정도로 낡은 집도 있었다. 괜찮은 방이 있는데 월세가 좀 더 비싸다기에 조금 무리를 해 볼까 하고 갔던 집도 그저 그랬다. 방이 깨끗하다 싶으면 창이 북쪽으로 나서 햇살은 꿈도 꿀 수 없었고, 향이 괜찮다 싶으면 방이 별로였다.

사진첩을 보니 아무래도 처음 찍은 곳만 한 데가 없겠다 싶었다. 발걸음을 돌려 처음 들른 중개사무소 쪽으로 걸었다. 걸어서 5분이면 충분한 거리. 방을 한 번만 더 보고 계약한다고 해야겠다. 거실 창 옆에는 작업 테이블을 놓고, 방의 창 아래에는 침대를 두어야지. 뒷방을 옷방으로 쓸까. 걸음을 옮기며 어떤 가구를 사고 어디에 둘지 상상했다. 새삼 방을 옮긴다는 게 실감나서 설레는 마음까지 들었다.

신나서 걷는 중에 저장되지 않은 번호로 전화가 왔다. 약속을 잡느라 여러 번 연락을 주고받았던, 첫 번째로 만난 중개사의 번호다. 몇 군데를 봤는데도 그만한 방이 없다고, 지금 간다고 말해야지.

"안녕하세요. 저 지금 그쪽으로 가고 있어요!"

"아이고…. 어떡해요. 방금 가계약금이 들어와서요. 다른 방을 알아보셔야 할 것 같아요."

맥이 탁 풀려 그 자리에 멈춰 서 버렸다. 어제 방을 봤던 사람이 불과 몇 분 전에 전화해서 계약금을 넣었다는 것이다. 가벼

워진 발걸음이 갈 곳을 잃었다. 방을 좀 더 봐야 할까 어쩔까, 그 자리에서 서성이다 결국에는 힘없이 집으로 돌아갔다.

이후로는 마음에 없던 기준이 생겨났다. 몇십 개의 방을 보면서도 카메라 대신 사진첩을 먼저 열어 보게 됐다. 다른 누군가의 것이 되었을 하얀 방을 떠올린다. 아무것도 몰랐던 처음을 돌아보며 잠깐의 후회도 한다. 그 자리에서 계약한다고 했더라면, 조금만 빨리 걸음을 되돌려 돌아갔더라면, 아니 뛰었더라면. 오늘 그 방을 봤다면 그 자리에서 당장 계약한다고 말했을 텐데. 내가 조금만 더 잘 알고, 머뭇거리지 않았다면.

꼭 사람을 만나 온 것과 비슷하다.
내가 조금만 더 잘했더라면. 잘 알았더라면.

낯설고 익숙하지 않은 것 앞에서 신중해지는 것은 어쩔 수 없다. 건너편에 무엇이 있을지 모르는 다리 앞에서 멈추는 것은 잘못이 아니라는 말이다. 주저하기도 해 보고 놓쳐서 잊지 못해 아쉬워도 해 봐야 한다. 문턱 앞에 오래 머물렀던 삶의 여러 기회도, 티끌 없이 맑던 피지 못한 사랑도, 어쩌면 보금자리가 되었을 희고 볕이 잘 드는 방까지도.

하지만 지나간 것은 돌아오지 않는다. 이미 뒤돌아선 것 앞에서 나는 무엇을 할 수 있을까. 뒷모습을 바라보며 자신을 탓하는 것밖에 없다. 그러니 후회와 아쉬움은 그곳에 남겨 두고 어디로 나아가야 할지를 정해야 한다. 진정 마음을 움직이는 것 앞에서 또다시 주저하지 않으려면, 지나간 것 앞에서 오래 서 있지 말고 눈을 꼭 감고 다시 앞으로 나아가야 한다. 그렇게 마지막 보금자리를 찾아가는 일일지도 모른다.

"방이 몇 개 안 남았어요. 마음에 들어야 할 텐데."

벽돌로 지어진 오래된 주택의 2층, 가장 안쪽 집 문을 열며 중개사가 말을 건넨다. 허름했던 건물 외관과 달리 내부가 깔끔해서 의외라는 표정으로 답한다.

바닥도, 벽도 매끈하다. 부엌 낀 작은 거실을 건너 들어간 방은 조금 좁지만 아늑한 느낌이 든다. 이곳을 옷방으로 쓸까, 침실로 쓸까. 화장실은 몇 군데를 손봐야겠지만 이 정도면 괜찮은 편이다. 마지막으로 큰방 문을 여니 벽을 따라 가로로 길게 누운 창이 일렁인다. 서쪽에서 깊게 드는 해를 적신 채로. 머릿속으로 창가에 책상을 가져다 둔다. 진한 갈색의 호두나무로 된 것이 좋겠다. 노랗게 번지는 오후 햇살이 얹힌 책상은 얼마나 아름다울까. 그 자리에 앉아 글자를 더듬고 맞추는 일은 얼마나 황홀할까.

이번에는 카메라를 켜지도, 사진첩을 열지도 않았다.

앞으로도 많은 것을 손아귀에서 흘려보내며 아쉬워하고 슬퍼할 테다. 하지만 나는 그로 인해 잠시나마 마음에 품었던 것에 안녕하고, 아름다운 곳으로 한 발짝씩 옮겨 가고 있는 것이다. 비어 가는 손아귀에 힘을 주고 그렇게 믿고 싶다. 지나쳐 보낼 수밖에 없던 순간과 감정을 위해서라도 그래야만 한다.

그렇게 끝내는 여기가 좋겠다고, 고민하지 않고 말할 수 있는 것이다.

낯선 확신

헝클어진 머리칼 사이로 가려진 이목구비가 띄엄띄엄 보인다. 점선 놀이를 하듯 시선으로 꿰매 본다. 이건 눈꺼풀, 이건 코 그리고 이건 입술. 당신의 옆얼굴. 침대에 걸터앉아 숨을 고르는 당신을 보다가, 문득 옆얼굴에는 부끄러운 이야기를 해도 되겠다는 생각이 들었다.

"사람이 새로운 것에 도전하는 이유는 뭐라고 생각해?"

고개가 돌아가고 눈동자가 보인다. 몸을 늘어뜨리고 누운 나를 보며 입술을 오므렸다 뗀다.

"새로운 거라면 어떤 걸 말하는 거야? 그런 게 아닐까. 더 만족스러운 삶을 살고 만족스러운 내가 되기 위해서? 이상에 가까워지기 위해서 말이야."

"그럴까? 뭐든. 나는 정말 뭐든이라고 생각해. 단지 새로운 일을 시작하는 것뿐만 아니라 사람을 만나는 것도, 하물며 걷던 길을 벗어나 새로운 골목을 걷는 것도."

손으로 머리칼을 빗더니 이번에는 입술을 오므리지 않고 곧바로 말한다. 꼭 어제까지 생각하던 주제에 대답하는 것처럼.

"그런 거라면 난 삶에 윤기를 더하기 위해서야."

"삶에 윤기를 더한다는 건, 아까 말했던 이상에 가까워진다는 것과 관계없을까?"

"있겠지. 따분하고 건조한 삶과 윤기 도는 삶 중에 사람의 이상에 가까운 건 후자일 테니까."

"그럼 크게 보면 같은 흐름의 이야기일지도 모르겠다. 윤기 도는 삶이 만족스러운 삶으로, 그러니까 이상으로 가는 계단처럼 말이야."

"그렇겠네. 하지만 윤기란 말 그대로 윤기가 되기도 해. 만족스러운 삶을 살고 있다고 해도, 기계가 굴러가다 보면 노후하듯이. 기름을 쳐 줘야 매끄럽게 돌아가잖아."

곁으로 허물어져 누운 당신에게 팔을 내어 주곤 생각한다. 만약 기계가 노후했다고 느낀다면 그건 삶이 변해서일까 사람이 변해서일까. 작은 톱니 하나에 녹이 슬어도 기계가 삐걱이듯, 그 삶의 아주 작은 부분에서라도 더는 만족하지 않게 됐다는 건 아닐까. 삶에는 무수히 많은 도전이 머물고 지나간다. 처음 가는 반찬 가게에서 반찬을 사는 일도, 마시던 우유의 브랜드를 바꿔 보는 것도 더 나아지기 위해서였다. 만족스러운 삶. 사람은 저마다 다른 만족의 기준을 가지고 산다. 그리고 그 기준은 언제나 변하기 마련이다.

도전하는 사람은 지금에 만족하지 못한다는 걸까 생각하면 그것도 아니었다. 모든 시도가 지금으로부터의 불만족에서 시작되지는 않는다. 현재와 관계없이 더 나아지기 위한 시도는 도전이지만, 단순히 현재에서 벗어나기 위한 시도는 도망이다.

"나 있잖아. 도전과 도망은 닮은 구석이 있다고 생각한 적 있어. 도전에서 오는 익숙함으로부터의 탈피가 고여 있는 내 모습이 싫어 도망치는 건 아닐까 하고. 어쩐지 비슷한 부분도 있는 것 같아."

"도망은 정말로 그래. 도망은 어쩌면 도전보다 더 큰 용기가 필요하지 않을까."

새로운 것에 대한 시도는 대단하지만 사실 그것만으로 거창하진 않다. 다만 필요한 용기의 무게가 그걸 가늠하게 한다. 그리고 용기는 많은 변화가 일어날 것이라는 걸 알아서, 그 변화가 나에게 좋은 쪽인지 나쁜 쪽인지를 알 수 없다는 불안감에서 온다.

"맞아. 그게 공통점이야. 도전도, 도망도 용기가 필요해. 도전은 어떤 일의 시작이 될 수도 있지만 끝이 될 수도 있잖아. 도망도 그렇고."

"그 시작과 끝은 인간관계의 맺음과 단절이 될 수도 있고."

인간관계, 사람. 이제는 새로운 누군가를 만나고 멀어지는 것에도 전만큼의 용기가 필요하지는 않게 됐다.

"그런데 새로움에 익숙해져서 도전과 도망을 일삼다 보면 머무르고 싶어질 때도 있어. 물가에서 치는 물장구 같아서 새것으로는 채워지지 않는 깊은 갈증이 올라오는 기분. 모든 새로움이 나를 깊은 곳까지 끌어들여 빠뜨리지는 않으니까. 그래서 일도 사람도, 오래 머물면서 지속적으로 새로움을 가져다줄 수 있다면 이상적이겠다는 생각도 해."

"내가 했던 말이네, 이상. 그런 건 좋지만 어렵잖아."

"그래서 나는 당신에게 그런 사람이 되고 싶은데."

"삶에 윤기를 더해 주는 사람?"

"그리고 곁에서 오래 머물면서도 시너지를 가져다주는 사람. 어깨를 만질 수 있는 곳에서 도전도 도망도 되어 주고 싶은데."

잠깐 부끄러운 낯을 하지만 눈을 떼지는 않는다. 당신의 그런 점이 좋다.

"당신과 이야기하면서 많은 것이 낯설게 느껴졌어. 그건 낯선 사람이어서가 아니라, 당신이 만들어 내는 나의 모습을 이야기하는 거야. 낯설어서 오히려 확신이 드는 것 같다는 말 했었잖아. 기억해?"

"응. 그때엔 말뜻을 다 이해한 건 아니었지만, 그 말을 듣고 나도 비슷한 기분을 느꼈어."

"그건 어떤 확신이었을까. 많은 도전과 도망, 많은 사람을 겪고도 느낀 낯섦은 나를 다른 곳으로 데려갈 것만 같았어. 그건 사랑이 될 수도 있겠다는 확신이지 않았을까."

그게 아니더라도 당신이 말한 더 만족스러운 삶을 살기 위한 선택이었겠지. 진득하니 머물면서도 나를 북돋아 줄 사람이라고 느꼈을지도 모르지.

여러 선택과 시도를 해 왔으면서도 이전에 느끼지 못하던 뭔가를 느끼는 순간이 있다. 경로에 없으면서도 꼭 거쳐 가야 하는 길을 걸을 때가 그랬고, 글을 처음 쓸 때가 그랬다. 당신 앞에 서서 어쩌면 사랑일 수도 있지 않을까 생각했던 것처럼.

간신히 용기를 내야 했던 사람.

나는 당신에게, 당신은 나에게 도전이었을까 도망이었을까.

다시 읽고 싶은
이야기

어릴 땐 읽지도 않는 세계문학 전집을 가방에 한 권씩 넣어 다녔다. 국내문학선, 백과사전으로 책장을 채워 준 부모님을 뿌듯하게 해 주고 싶었던 걸까. 교과서 두세 배 두께의 책을 들고 다니는 건 피곤했지만, 꼬마 정현이에게는 폼깨나 나는 일이었다. 단 몇 페이지라도 읽는 날에는 서랍에 넣지 않고 책상 위에 올려 두었다.

"재미있니, 그 책?"

어린 허영심에 처음 반응해 준 건 '기술과 가정' 선생님이었다. 평소에 이야기를 많이 나눠 보지도 않았고, 좋아하지도 싫어하지도 않는 선생님이었다. 책상 모서리에 각 잡혀 놓인 《그리스인 조르바》를 보고 재밌다는 듯 물었다.

"아직 반도 안 읽었어요."

읽지 않았다는 걸 들키기 싫어 읽는 중이라고만 했다. 실은 반의 반도 안 읽었지만.

"좋아하는 책이라 선생님은 세 번이나 읽었어. 읽을 때마다 달라서 정말 좋더라."

선생님은 학급의 다른 아이들에게도 기회가 되면 꼭 읽어 보라고 했다. 딱히 대꾸하는 아이는 없었고 마저 수업을 이어 갔다. 한 손으로는 잡기 어려운 두꺼운 책을 쥐고 이상하다고 생각했다. 한 번 읽기도 힘든 책을 세 번이나 읽었다니. 별난 선생님이네.

하지만 희한하게도 이후로 나도 그 책을 딱 세 번 더 읽었다. 열아홉과 스물 그리고 스물넷에.

처음에는 생각나서 다시 읽었지만, 그다음에는 '다시 읽는 것' 자체로의 느낌이 좋아 한 번 더 읽었다. 읽은 책을 다시 읽는 것은 꼭 오랜만에 만난 사람과 나누는 대화 같다. 여전히 친숙하지만, 어딘가 달라져 있다. 내가 삶을 살고 변해 갈 동안 책도 내가 없는 곳에서 다양한 걸 겪고 돌아온 것 같다. 다시 펼치는 책장에서는 읽지 못했던 것을 읽고, 느끼지 못했던 것을 느낀다.

책뿐만 아니라 영화를 다시 보는 일도 그렇다. 삶의 모든 것이 그렇다. 전날 걸었던 길을 걸어도 어제와 같지 않다.

요즘에는 커피를 다시 배운다. 서울에 올라오자마자 카페에서 첫 아르바이트를 했었고, 작년에는 동료들과 작은 카페를 운영했다. 하지만 내 공간을 꾸리고 싶다는 욕심에 스스로 '커피를 제대로 잘 아는가?' 묻는다면 그것도 아니었다. 그저 일하기 위해 배웠던 것뿐이다. 책으로 치면 속독을 한 셈이다. 그래서 처음부터 다시 읽고 싶었다.

일주일에 두 번씩 성수로 간다. 집에서는 왕복으로 두 시간이 넘게 걸린다. '유럽 바리스타 교육 과정, 대폭 할인, 선착순 입금' 이런 광고 문구에 보기 좋게 넘어간 거다. 하지만 수업을 듣고 나서 한 치의 후회도 하지 않았다. 수업 내용이 어떻고를 떠나 내가 불분명하게 알던 것을 다른 이들은 어떻게 하고 있는지 듣고 배우는 것만으로 즐겁고 새로웠다.

첫 장부터 펼쳐 읽는다. 질리도록 마시던 커피를 입에도 대지 못하고 있다. 원두를 갈고 내리는 감을 처음부터 연습하느라 내린 커피는 곧바로 버리고 다시 새로 원두를 갈고 내린다. 원두의 종류와 특성, 도구를 다룰 때 편한 자세, 이제껏 해 오던 습관 중 잘못된 게 있었다는 것도 알게 됐다

다시 읽지 않았으면 영영 몰랐을 것이 너무나도 많다. 달려온 삶에 다시 읽고 싶은 이야기가 많다.

이렇게 편지를 쓰는 게 얼마 만인가요. 세 번째 책이네요. 뭐 그리 하고 싶은 말이 많은지 아직도 매일 글을 쓰고 또 이렇게 책으로 엮어 내놓습니다.

이번에는 마치는 글을 쓰는 데 유독 시간이 걸렸습니다. 며칠은 손도 대지 못하고, 며칠은 백지 앞에서 시간을 보냈어요. 얼떨결에 첫 책 《달을 닮은 너에게》를 썼고, 2년 뒤 게워 내듯 《함부로 설레는 마음》을 펴냈습니다. 다시 2년 만입니다. 이 책을 내놓으며 나는 어떤 말을 하고 싶은 걸까요.

그간은 다달이 구독 신청을 받고, 메일로 글을 쓰고 보내며 지냈습니다. 내가 바라보는 세상과 거기에 딸려 오는 생각들. '일상시선'이라는 이름에 가감 없는 글입니다. 대단할 게 없지요. 그런데도 매달 받아 읽어 주는 이들이 있는 덕에 이렇게 글을 쓰며 지내 왔습니다. 그 글을 엮은 게 이 책입니다. 어떤가요? 장황하게 늘어놓았지만, 결국은 같은 세상을 살아가는 무수한 사람 중 하나의 넋두리입니다. 보낼 곳도 정하지 않고 혼자서 써 온 편지 같은 겁니다. 잘 도착했습니까.

절절히 설명하지 않아도, 그곳에 있다는 것만으로 증명되는 것들이 있습니다. 살아가는 게 그렇지 않은가요. 존재만으로 위안이고 격려고 응원일 때가 있습니다. 당신이 나의 가족이든, 오랜 친구든, 일면식 없이도 내 글을 읽는 사람이든. 고맙습니다. 거기에 잘 있어 줘서. 누구라도 읽어 주었으면 하고 책을 써왔습니다. 이번에는 누구라도 읽어 주지 않을까 하는 마음입니다. 다를 것 없이 불안하고 사랑스러운 삶입니다. 그리고 나는 이렇게 살고 있습니다. 여전히, 잘 살고 싶은 마음으로.